岩 波 文 庫

31-005-7

山椒大夫・高瀬舟

他 四 篇

森 鷗 外作

岩 波 書 店

目次

山椒大夫

越後の春日《かすが》を経て今津《いまづ》へ出る道を、珍らしい旅人の一群《ひとむれ》が歩いている。母は三十歳を踰《こ》えたばかりの女で、二人の子供を連れている。姉は十四、弟は十二である。それに四十位の女中が一人附いて、草臥《くたび》れた同胞《はらから》二人を、「もうじきにお宿にお著《つき》なさいます」といって励まして歩かせようとする。二人の中で、姉娘は足を引《ひ》き摩《ず》るようにして歩いているが、それでも気が勝っていて、疲れたのを母や弟に知らせまいとして、折々思い出したように弾力のある歩附《あるきつき》をして見せる。近い道を物詣《ものまいり》にでも歩くのなら、ふさわしくも見えそうな一群であるが、笠《かさ》やら杖やら甲斐甲斐《かいがい》しい出立《いでたち》をしているのが、誰《たれ》の目にも珍らしく、また気の毒に感ぜられるのである。

道は百姓家の断えたり続いたりする間を通っている。砂や小石は多いが、秋日和《あきびより》に好《よ》く乾《かわ》いて、しかも粘土が雑《まじ》っているために、好く固まっていて、海の傍《そば》のように踝《くるぶし》を埋《うず》めて人を悩ますことはない。

藁葺《わらぶき》の家が何軒も立ち並んだ一構《ひとかまえ》が柞《ははそ》の林に囲まれて、それに夕日がかっと差している処《ところ》に通り掛《か》かった。

「まあの美しい紅葉《もみじ》を御覧」と、先に立っていた母が指さして子供に言った。

子供は母の指さす方を見たが、なんともいわぬので、女中がいった。「木《こ》の葉《は》があんなに染まるのでございますから、朝晩お寒くなりましたのも無理はございませんね。」

姉娘が突然弟を顧《かえり》みていった。「早くお父《と》う様の入《い》らっしゃる処へ往《ゆ》きたいわね。」

「姉《ね》えさん。まだなかなか往《い》かれはしないよ。」弟は賢《さか》しげに答えた。

母が諭《さと》すようにいった。「そうですとも。今まで越して来たような山を沢山《たくさん》越して、河や海をお船で度々《たびたび》渡らなくては往かれないのだよ。毎日精出して大人《おとな》しく歩かなくては。」

「でも早く往きたいのですもの」と、姉娘はいった。

一群《ひとむれ》は暫《しばら》く黙って歩いた。

向うから空桶《からおけ》を担《かつ》いで来る女がある。塩浜から帰る潮汲女《しおくみおんな》である。

それに女中が声を掛けた。「申《も》し申《も》し。この辺《へん》に旅の人の宿をする家はありませんか。」

潮汲女は足を駐《と》めて、主従《しゅうじゅう》四人の群を見渡した。そしてこういった。「まあ、お気の毒な。生憎《あいにく》な所で日が暮れますね。この土地には旅の人を留《と》めて上げる所は一軒もありません。」

女中がいった。「それは本当ですか。どうしてそんなに人気《じんき》が悪いのでしょう。」

二人の子供は、はずんで来る対話の調子を気にして、潮汲女の傍《そば》へ寄ったので、女中と三人で女を取り巻いた形になった。

潮汲女はいった。「いいえ。信者が多くて人気の好い土地ですが、国守《くにのかみ》の掟《おきて》だから為《し》方《かた》がありません。もうあそこに」と言いさして、女は今来た道を指さした。「もうあそこに見えていますが、あの橋までお出《い》でなさると、高札《たかふだ》が立っています。それに精《くわ》しく書いてあるそうですが、近頃悪い人買《ひとかい》がこの辺を立ち廻《まわ》ります。それで旅人に宿を貸して足を留めさせたものにはお咎《とがめ》があります。あたり七軒巻添《まきぞえ》になるそうです。」

「それは困りますね。子供衆《こどもしゅう》もお出《いで》なさるし、もうそう遠くまでは行かれません。どうにか為様《しよう》はありますまいか。」

「そうですね。わたしの通う塩浜のあるあたりまで、あなた方がお出なさると、夜になってしまいましょう。どうもそこらで好《い》い所を見附けて、野宿をなさるより外《ほか》、為方《しかた》がありますまい。わたしの思案では、あそこの橋の下にお休《やすみ》なさるが好いでしょう。岸の石垣にぴったり寄せて、河原に大きい材木が沢山立ててあります。荒川*の上《かみ》から流して来た材木です。昼間はその下で子供が遊んでいますが、奥の方には日も差さず、暗くなっている所があります。そこなら風も通しますまい。わたしはこうして毎日通う塩浜の持主の所にいます。ついそこの柞《ははそ》の森の中です。夜になったら、藁《わら》や薦《こも》を持って往《い》ってあげましょう。」

子供らの母は一人離れて立って、この話を聞いていたが、この時潮汲女の傍《そば》に進み寄っていった。「好《よ》い方に出逢いましたのは、わたしどもの為合《しあわ》せでございます。そこへ往って休みましょう。どうぞ藁や薦をお借申《かり》しとうございます。せめて子供たちにでも敷かせたり被《き》せたりいたしとうございます。」

潮汲女は受け合って、柞の林の方へ帰って行く。主従《しゅうじゅう》四人は橋のある方へ急いだ。

荒川に掛け渡した応化橋《おうげのはし》の袂《たもと》に一群は来た。潮汲女のいった通《とおり》に、新しい高札が立っている。書いてある国守《くにのかみ》の掟《おきて》も、女の詞《ことば》に違《たが》わない。

人買が立ち廻るなら、その人買の詮議をしたら好さそうなものである。旅人に足を留めさせまいとして、行き暮れたものを路頭に迷わせるような掟を、国守はなぜ定めたものか。不束《ふつつか》な世話の焼きようである。しかし昔の人の目には掟はどこまでも掟である。

子供らの母はただそういう掟のある土地に来合《きあわ》せた運命を歎くだけで、掟の善悪《よしあし》は思わない。

橋の袂に、河原へ洗濯に降りるものの通う道がある。そこから一群は河原に降りた。なるほど大層な材木が石垣に立て掛けてある。一群は石垣に沿うて材木の下へ潜《くぐ》って這《は》入《い》った。男の子は面白がって、先に立って勇んで這入った。

奥深く潜《もぐ》って這入ると、洞穴《ほらあな》のようになった所がある。下には大きい材木が横になっているので、床《とこ》を張ったようである。

男の子が先に立って、横になっている材木の上に乗って、一番隅《すみ》へ這入って、「姉えさん、早くお出《いで》なさい」と呼ぶ。

姉娘はおそるおそる弟の傍へ往った。

「まあ、お待遊ばせ」と女中がいって、背に負っていた包を卸《おろ》した。そして着換《きがえ》の衣類を出して、子供を脇へ寄らせて、隅の処に敷いた。そこへ親子をすわらせた。

母親がすわると、二人の子供が左右から縋《すが》り附いた。*岩代《いわしろ》の信夫郡《しのぶごおり》の住家《すみか》を出て、親子はここまで来るうちに、家の中ではあっても、この材木の蔭《かげ》より外らしい所に寝たことがある。不自由にも次第に慣れて、もうさほど苦にはしない。

女中の包から出したのは衣類ばかりではない。用心に持っている食物もある。女中はそれを親子の前に出して置いていった。「ここでは焚火《たきび》をいたすことは出来ません。もし悪い人に見附けられてはならぬからでございます。あの塩浜の持主とやらの家まで往って、お湯を貰《もら》ってまいりましょう。そして藁《わら》や薦《こも》の事も頼んでまいりましょう。」女中はまめまめしく出て行った。子供は楽しげに粔粋《おこしごめ》やら、乾《ほ》した果《くだもの》やらを食べはじめた。

暫《しば》くすると、この材木の蔭へ人の這入《はい》って来る足音がした。「姥竹《うばたけ》かい」と母親が声を掛けた。しかし心の内には、柞《ははそ》の森まで往って来たにしては、余り早いと疑った。姥竹というのは女中の名である。

這入って来たのは四十歳ばかりの男である。骨組の逞《たくま》しい、筋肉が一つ《ひと》一つ《びと》肌の上から数えられるほど、脂肪の少い人で、牙彫《げぼり》の人形のような顔に笑《えみ》を湛《たた》えて、手に数珠《ずず》を持っている。我家を歩くような、慣れた歩附《あるきつき》をして、親子の潜《ひそ》んでいる処へ進み寄った。そして親子の座席にしている材木の端に腰を掛けた。

親子はただ驚いて見ている。仇《あだ》をしそうな様子も見えぬので、恐ろしいとも思わぬのである。

男はこんな事を言う。「わしは山岡大夫《やまおか*たゆう》という船乗《ふなのり》じゃ。この頃この土地を人買が立ち廻るというので、国守が旅人に宿を貸すことを差し止めた。人買を攫《つか》まえることは、国守の手に合わぬと見える。気の毒なは旅人じゃ。そこでわしは旅人を救うて遣《や》ろうと思い立った。さいわいわしが家は街道を離れているので、こっそり人を留めても、誰に遠慮もいらぬ。わしは人の野宿をしそうな森の中や橋の下を尋ね廻って、これまで大勢の人を連れて帰った。見れば子供衆が菓子を食べていなさるが、そんな物は腹の足しにはならいで、歯に障《さわ》る。わしが所ではさしたる饗応《もてなし》はせぬが、芋粥《いもがゆ》でも進《しん》ぜましょう。どうぞ遠慮せずに来て下されい。」男は強いて誘うでもなく、独語《ひとりごと》のように言ったのである。

子供の母はつくづく聞いていたが、世間の掟《おきて》に背《そむ》いてでも人を救おうというありがたい志に感ぜずにはいられなかった。そこでこういった。「承《うけたま》われば殊勝なお心掛《こころがけ》と存じます。貸すなという掟のある宿を借りて、ひょっと宿主《やどぬし》に難儀を掛けようかと、それが気掛かりでございますが、わたくしはともかくも、子供らに温《ぬく》いお粥でも食べさせて、屋根の下に休ませることが出来ましたら、その御恩は後の世までも忘れますまい。」

山岡大夫は頷《うなず》いた。「さてさて好《よ》う物のわかる御婦人じゃ。そんならすぐに案内をして進ぜましょう。」こういって立ちそうにした。

母親は気の毒そうにいった。「どうぞ少しお待下さいませ。わたくしども三人がお世話になるさえ心苦しゅうございますのに、こんな事を申すのはいかがと存じますが、実は今一人連《つれ》がございます。」

山岡大夫は耳を欹《そばだ》てた。「連がおありなさる。それは男か女子《おなご》か。」

「子供たちの世話をさせに連れて出た女中でございます。湯を貰《もら》うと申して、街道を三、四町跡《あと》へ引き返してまいりました。もうほどなく帰ってまいりましょう。」

「お女中かな。そんなら待って進ぜましょう。」山岡大夫の落《お》ち著《つ》いた、底の知れぬような顔に、なぜか喜《よろこび》の影が見えた。

ここは*直江《なおえ》の浦である。日はまだ米山《よねやま》の背後《うしろ》に隠れていて、紺青《こんじょう》のような海の上には薄い靄《もや》が掛かっている。

一群の客を舟に載せて纜《ともづな》を解いている船頭がある。船頭は山岡大夫で、客はゆうべ大夫の家に泊った主従四人の旅人である。

応化橋《おうげのはし》の下で山岡大夫に出逢った母親と子供二人とは、女中姥竹《うばたけ》が欠け損じた瓶子《へいし》に湯を貰って帰るのを待ち受けて、大夫に連れられて宿を借りに往った。姥竹は不安らしい顔をしながら附いて行った。大夫は街道を南へ這入《はい》った松林の中の草の家に四人を留めて、芋粥《いもがゆ》を進めた。そしてどこからどこへ往く旅かと問うた。草臥《くたび》れた子供らを先へ寝させて、母は宿の主人に身の上のおおよそを、微《かす》かな灯火《ともしび》の下《もと》で話した。

自分は岩代《いわしろ》のものである。夫が筑紫《つくし》へ往って帰らぬので、二人の子供を連れて尋ねに往く。姥竹は姉娘の生れた時から守《もり》をしてくれた女中で、身寄《みより》のないものゆえ、遠い、覚束《おぼつか》ない旅の伴《とも》をすることになったと話したのである。

さてここまでは来たが、筑紫の果へ往くことを思えば、まだ家を出たばかりといっても好い。これから陸《おか》を行ったものであろうか。または船路《ふなじ》を行ったものであろうか。主人《あるじ》は船乗《ふなのり》であって見れば、定めて遠国《えんごく》の事を知っているだろう。どうぞ教えてもらいたいと、子供らの母が頼んだ。

大夫は知れ切った事を問われたように、少しもためらわずに船路を行くことを勧めた。陸《おか》を行けば、じき隣の越中《えっちゅう》の国に入る界《さかい》にさえ、親不知《おやしらず》子不知《こしらず》の難所《なんじょ》がある。削《けず》り立てたような巌石《がんせき》の裾《すそ》には荒浪《あらなみ》が打ち寄せる。旅人は横穴に這入って、波の引くのを待っていて、狭い巌石の下の道を走り抜ける。その時は親は子を顧みることが出来ず、子も親を顧みることが出来ない。それは海辺の難所である。また山を越えると、踏まえた石が一つ揺《ゆる》げば、千尋《ちひろ》の谷底に落ちるような、あぶない岨道《そわみち》もある。*西国《さいこく》へ往くまでには、どれほどの難所があるか知れない。それとは違って、船路は安全なものである。慥《たしか》な船頭にさえ頼めば、いながらにして百里でも千里でも行かれる。自分は西国まで往くことは出来ぬが、諸国の船頭を知っているから、船に載せて出て、西国へ往く舟に乗り換えさせることが出来る。あすの朝は早速船に載せて出ようと、大夫は事もなげにいった。

夜が明け掛かると、大夫は主従《しゅうじゅう》四人をせき立てて家を出た。その時子供らの母は小さい嚢《ふくろ》から金を出して、宿賃を払おうとした。大夫は留めて、宿賃は貰わぬ、しかし金の入れてある大切な嚢は預っておこうといった。なんでも大切な品は、宿に著《つ》けば宿の主人《あるじ》に、船に乗れば舟の主《ぬし》に預けるものだというのである。

子供らの母は最初に宿を借ることを許してから、主人の大夫の言う事を聴かなくてはならぬような勢《いきおい》になった。掟《おきて》を破ってまで宿を貸してくれたのを、ありがたくは思っても、何事によらず言うがままになるほど、大夫を信じてはいない。こういう勢になったのは、大夫の詞《ことば》に人を押し附ける強みがあって、母親はそれに抗《あらが》うことが出来ぬからである。その抗うことの出来ぬのは、どこか恐ろしい処があるからである。しかし母親は自分が大夫を恐れているとは思っていない。自分の心がはっきりわかっていない。

母親は余儀ない事をするような心持で舟に乗った。子供らは凪《な》いだ海の、青い*氈《かも》を敷いたような面《おもて》を見て、物珍しさに胸を跳《おど》らせて乗った。ただ姥竹《うばたけ》が顔には、きのう橋の下を立ち去った時から、今舟に乗る時まで、不安の色が消え失《う》せなかった。

山岡大夫は纜《ともづな》を解いた。槁《さお》で岸を一押《ひとおし》押すと、舟は揺《ゆら》めきつつ浮び出た。

山岡大夫は暫く岸に沿うて南へ、越中境《えっちゅうざかい》の方角へ漕《こ》いで行く。靄《もや》は見る見る消えて、波が日に赫《かがや》く。

人家《じんか》のない岩蔭《いわかげ》に、波が砂を洗って、海松《みる》や荒布《あらめ》を打ち上げている処があった。そこに舟が二艘《そう》止まっている。船頭が大夫を見て呼び掛けた。

「どうじゃ。あるか。」

大夫は右の手を挙げて、大拇《おやゆび》を折って見せた。そして自分もそこへ舟を舫《もや》った。大拇だけ折ったのは、四人あるという相図《あいず》である。

前からいた船頭の一人は宮崎《みやざき》の三郎《さぶろう》といって、*越中宮崎のものである。左の手の拳《こぶし》を開いて見せた。右の手が貨《しろもの》の相図になるように、左の手は銭《ぜに》の相図になる。これは五貫《ごかん》文《もん》に附けたのである。

「気張《きば》るぞ」と今一人の船頭がいって、左の臂《ひじ》をつと伸《の》べて、一度拳を開いて見せ、次いで示指《ひとさしゆび》を竪《た》てて見せた。この男は佐渡《さど》の二郎《じろう》で六貫文に附けたのである。

「横着者奴《おうちやくものめ》」と宮崎が叫んで立ち掛かれば、「出し抜こうとしたのはおぬしじゃ」と佐渡が身構《みがまえ》をする。二艘の舟がかしいで、舷《ふなばた》が水を笞《むちう》った。

大夫は二人の船頭の顔を冷《ひや》やかに見較《みくら》べた。「慌《あわ》てるな。どっちも空手《からて》では還《かえ》さぬ。お客様が御窮屈でないように、お二人ずつ分けて進ぜる。賃銭は跡《あと》で附けた値段の割じゃ。」こういっておいて、大夫は客を顧みた。「さあ、お二人ずつあの舟へお乗なされ。どれも西国《さいこく》への便船《びんせん》じゃ。舟足というものは、重過ぎては走りが悪い。」

二人の子供は宮崎が舟へ、母親と姥竹とは佐渡が舟へ、大夫が手を執《と》って乗り移らせた。移らせて引く大夫が手に、宮崎も佐渡も幾緡《*いくさし》かの銭を握らせたのである。

「あの、主人《あるじ》にお預けなされた嚢《ふくろ》は」と、姥竹が主《しゆう》の袖を引く時、山岡大夫は空舟《からふね》をつと押し出した。

「わしはこれでお暇《いとま》をする。慥《たし》かな手から慥《たし》かな手へ渡すまでがわしの役じゃ。御機嫌好うお越しなされ。」

艣《ろ》の音が忙《せわ》しく響いて、山岡大夫の舟は見る見る遠ざかって行く。

母親は佐渡に言った。「同じ道を漕《こ》いで行って、同じ港に著くのでございましょうね。」

佐渡と宮崎とは顔を見合せて、声を立てて笑った。そして佐渡がいった。「乗*る舟は弘誓《くぜい》の舟、著《つ》くは同じ彼岸《かのきし》と、*蓮華峰寺《れんげぶじ》の和尚がいうたげな。」

二人の船頭はそれ切り黙って舟を出した。佐渡の二郎は北へ漕ぐ。宮崎の三郎は南へ漕ぐ。「あれあれ」と呼びかわす親子主従は、ただ遠ざかり行くばかりである。

母親は物狂おしげに舷《ふなばた》に手を掛けて伸び上がった。「もう為方《しかた》がない。これが別《わかれ》だよ。安寿《あんじゅ》は守本尊《まもりほんぞん》の地蔵様を大切におし。厨子王《ずしおう》はお父様の下さった護刀《まもりがたな》を大切におし。どうぞ二人が離れぬように。」安寿は姉娘、厨子王は弟の名である。

子供はただ「お母《か》あ様、お母あ様」と呼ぶばかりである。

舟と舟とは次第に遠ざかる。後《うしろ》には餌《え》を待つ雛《ひな》のように、二人の子供が開《あ》いた口が見えていて、もう声は聞えない。

姥竹は佐渡の二郎に「申《も》し船頭さん、申《も》し申《も》し」と声を掛けていたが、佐渡は構わぬので、とうとう赤松の幹のような脚《あし》に縋《すが》った。「船頭さん。これはどうした事でございます。あのお嬢様、若様に別れて、生きてどこへ往かれましょう。奥様も同じ事でございます。これから何をたよりにお暮らしなさいましょう。どうぞあの舟の往く方へ漕いで行って下さいまし。後生《ごしょう》でございます。」

「うるさい」と佐渡は後様《うしろざま》に蹴《け》った。姥竹は舟笭《ふなとこ》に倒れた。髪は乱れて舷《ふなばた》に掛かった。

姥竹は身を起した。「ええ。これまでじゃ。奥様、御免下さいまし。」こういって真《ま》っ逆様《さかさま》に海に飛び込んだ。

「こら」といって船頭は臂《ひじ》を差し伸ばしたが、間に合わなかった。

母親は*袿《うちき》を脱いで佐渡が前へ出した。「これは粗末な物でございますが、お世話になったお礼に差し上げます。わたくしはもうこれでお暇《いとま》を申します。」こういって舷に手を掛けた。

「たわけが」と、佐渡は髪を摑《つか》んで引き倒した。「うぬまで死なせてなるものか。大事な貨《しろもの》じゃ。」

佐渡の二郎は牽綱《つなで》を引き出して、母親をくるくる巻にして転《ころ》がした。そして北へ北へと漕いで行った。

「お母あ様お母あ様」と呼び続けている姉と弟とを載せて、宮崎の三郎が舟は岸に沿うて南へ走って行く。

「もう呼ぶな」と宮崎が叱《しか》った。「水の底の鱗介《いろくず》には聞えても、あの女子《おなご》には聞えぬ。女子どもは佐渡へ渡って粟《あわ》の鳥でも逐《お》わせられることじゃろう。」

姉の安寿《あんじゅ》と弟の厨子王《ずしおう》とは抱き合って泣いている。故郷を離れるも、遠い旅をするも母と一しょにすることだと思っていたのに、今料《はか》らずも引き分けられて、二人はどうして好いかわからない。ただ悲しさばかりが胸に溢《あふ》れて、この別《わかれ》が自分たちの身の上をどれだけ変らせるか、その程さえ弁《わきま》えられぬのである。

午《ひる》になって宮崎は餅《もち》を出して食った。そして安寿と厨子王とにも一つずつくれた。二人は餅を手に持って食べようともせず、目を見合せて泣いた。夜は宮崎が被《かぶ》せた苫《とま》の下で、泣きながら寐入《ねい》った。

こうして二人は幾日か舟に明かし暮らした。宮崎は越中、能登《のと》、越前《えちぜん》、若狭《わかさ》の津々浦々を売り歩いたのである。

しかし二人が穉《おさな》いのに、体《からだ》もか弱く見えるので、なかなか買おうというものがない。たまに買手があっても、値段の相談が調《ととの》わない。宮崎は次第に機嫌を損じて、「いつまでも泣くか」と二人を打つようになった。

宮崎が舟は廻り廻って、*丹後の由良《ゆら》の港に来た。ここには石浦《いしうら》という処に大きい邸《やしき》を構えて、田畑に米麦を植えさせ、山では猟《かり》をさせ、海では漁《すなどり》をさせ、蚕飼《こがい》をさせ、機織《はたおり》をさせ、金物《かなもの》、陶物《すえもの》、木の器《うつわ》、何から何まで、それぞれの職人を使って造らせる山椒大《さんしょうだゆ》夫《う》という分限者《ぶげんしゃ》がいて、人ならいくらでも買う。宮崎はこれまでも、余所《よそ》に買手のない貨《しろもの》があると、山椒大夫が所へ持って来ることになっていた。

港に出張《でば》っていた大夫の奴頭《やっこがしら》は、安寿、厨子王をすぐに七貫文に買った。

「やれやれ、餓鬼《がき》どもを片附けて身が軽うなった」といって、宮崎の三郎は受け取った銭を懐《ふところ》に入れた。そして波止場《はとば》の酒店《さけみせ》に這入った。

一拘《かかえ》に余る柱を立て並べて造った大廈《おおいえ》の奥深い広間に一間《けん》四方の炉《ろ》を切らせて、炭火がおこしてある。その向《むこう》に茵《しとね》を三枚畳《かさ》ねて敷いて、山椒大夫は几《おしまずき》に靠《もた》れている。左右には二郎、三郎の二人の息子が狛犬《こまいぬ》のように列《なら》んでいる。もと大夫には三人の男子があったが、太郎は十六歳の時、逃亡を企てて捕えられた奴《やっこ》に、父が手ずから烙印《やきいん》をするのをじっと見ていて、一言《いちごん》も物を言わずに、ふいと家を出て行方《ゆくえ》が知れなくなった。今か

ら十九年前の事である。

奴頭《やっこがしら》が安寿、厨子王を連れて前へ出た。そして二人の子供に辞儀をせいといった。

二人の子供は奴頭の詞《ことば》が耳に入《い》らぬらしく、ただ目を睜《みは》って大夫を見ている。今年六十歳になる大夫の、朱《しゅ》を塗ったような顔は、額が広く腭《あご》が張って、髪も鬚《ひげ》も銀色に光っている。子供らは恐ろしいよりは不思議がって、じっとその顔を見ているのである。

大夫はいった。「買うて来た子供はそれか。いつも買う奴《やっこ》と違うて、何に使うて好いかわからぬ、珍らしい子供じゃというから、わざわざ連れて来させて見れば、色の蒼《あお》ざめた、か細い童《わらわ》どもじゃ。何に使うて好いかは、わしにもわからぬ。」

傍《そば》から三郎が口を出した。末の弟ではあるが、もう三十になっている。「いやお父っさん。さっきから見ていれば、辞儀をせいといわれても辞儀もせぬ。外《ほか》の奴のように名告《のり》もせぬ。弱々しゅう見えてもしぶとい者どもじゃ。奉公初《ほうこうはじめ》は男が柴苅《しばかり》、女が汐汲《しおくみ》と極《き》まっている。その通《とおり》にさせなされい。」

「仰《おっし》ゃるとおり、名はわたくしにも申しませぬ」と、奴頭がいった。

大夫は嘲笑《あざわら》った。「愚者《おろかもの》と見える。名はわしが附けて遣《や》る。姉はいたつき*を垣衣《しのぶぐさ》、弟は我名《わがな》を萱草《わすれぐさ》じゃ。垣衣《しのぶぐさ》は浜へ往って、日に三荷《が》の潮を汲《く》め。萱草《わすれぐさ》は山へ往って日に三荷の柴を刈れ。弱々しい体に免じて、荷は軽うして取らせる。」

三郎がいった。「過分のいたわりようじゃ。こりゃ、奴頭。早く連れて下がって道具を渡して遣れ。」

奴頭は二人の子供を新参小屋《しんざんごや》に連れて往って、安寿には桶《おけ》と杓《ひさご》、厨子王には籠《かご》と鎌《かま》を渡した。どちらにも午餉《ひるげ》を入れる*樏子《かれいけ》が添えてある。新参小屋は外《ほか》の奴婢《ぬひ》の居所《いどころ》とは別になっているのである。

奴頭が出て行く頃には、もうあたりが暗くなった。この屋《いえ》には灯火《あかり》もない。

翌日の朝はひどく寒かった。ゆうべは小屋に備えてある衾《ふすま》が余りきたないので、厨子王が薦《こも》を探して来て、舟で苫《とま》をかずいたように、二人でかずいて寝たのである。

きのう奴頭に教えられたように、厨子王は樏子を持って厨《くりや》へ餉《かれい》を受け取りに往った。屋根の上、地にちらばった藁《わら》の上には霜が降っている。厨は大きい土間で、もう大勢の奴婢が来て待っている。男と女とは受け取る場所が違うのに、厨子王は姉のと自分のと貰おうとするので、一度は叱られたが、あすからは銘々《めいめい》が貰いに来ると誓って、ようよう樏子の外に、*面桶《めんつう》に入れた饘《かたかゆ》と、木の椀《まり》に入れた湯との二人前《ふたりまえ》をも受け取った。饘《かたかゆ》は塩を入れて炊《かし》いである。

姉と弟とは朝餉《あさげ》を食べながら、もうこうした身の上になっては、運命の下《もと》に項《うなじ》を屈《かが》めるより外はないと、けなげにも相談した。そして姉は浜辺へ、弟は山路《やまじ》をさして行くのである。大夫が邸《やしき》の三の木戸、二の木戸、一の木戸を一しょに出て、二人は霜を履《ふ》んで、見返り勝《がち》に左右へ別れた。

厨子王が登る山は由良《ゆら》が嶽《たけ》の裾《すそ》で、石浦からは少し南へ行って登るのである。柴を苅る所は、麓《ふもと》から遠くはない。所々紫色の岩の露《あらわ》れている所を通って、やや広い平地に出る。そこに雑木が茂っているのである。

厨子王は雑木林の中に立ってあたりを見廻した。しかし柴はどうして苅るものかと、暫《しばら》くは手を著《つ》け兼《か》ねて、朝日に霜の融《と》け掛かる、茵《しとね》のような落葉の上に、ぼんやりすわって時を過した。ようよう気を取り直して、一枝二枝苅るうちに、厨子王は指を傷《いた》めた。そこでまた落葉の上にすわって、山でさえこんなに寒い、浜辺に往った姉様《あねさま》は、さぞ潮風が寒かろうと、ひとり涙をこぼしていた。

日がよほど昇ってから、柴を背負って麓へ降りる、外《ほか》の樵《きこり》が通り掛かって、「お前も大夫の所の奴《やっこ》か、柴は日に何荷《なんか》苅るのか」と問うた。

「日に三荷苅るはずの柴を、まだ少しも苅りませぬ」と厨子王は正直にいった。

「日に三荷の柴ならば、午《ひる》までに二荷苅るが好い。柴はこうして苅るものじゃ。」樵《きこり》は我《わが》荷を卸《おろ》して置いて、すぐに一荷苅ってくれた。

厨子王は気を取り直して、ようよう午までに一荷苅り、午からまた一荷苅った。

浜辺に往く姉の安寿は、川の岸を北へ行った。さて潮を汲《く》む場所に降り立ったが、これも汐の汲みようを知らない。心で心を励まして、ようよう杓《ひさご》を卸《おろ》すや否《いな》や、波が杓を取って行った。

隣で汲んでいる女子《おなご》が、手早く杓を拾って戻した。そしてこういった。「汐はそれでは汲まれません。どれ汲みようを教えて上げよう。右手《めて》の杓でこう汲んで、左手《ゆんで》の桶でこう受ける。」とうとう一荷汲んでくれた。

「有難《ありがと》うございます。汲みようが、あなたのお蔭《かげ》で、わかったようでございます。自分で少し汲んで見ましょう。」安寿は汐を汲み覚えた。

隣で汲んでいる女子に、無邪気な安寿が気に入った。二人は午餉《ひるげ》を食べながら、身の上を打ち明けて、姉妹《きょうだい》の誓《ちかい》をした。これは伊勢《いせ》の小萩《こはぎ》といって、*二見《ふたみ》が浦《うら》から買われて来た女子である。

最初の日はこんな工合《ぐあい》に、姉が言い附けられた三荷の潮も、弟が言い附けられた三荷の柴も、一荷ずつの勧進《かんじん》を受けて、日の暮までに首尾よく調《ととの》った。

姉は潮を汲み、弟は柴を苅って、一日一日と暮らして行った。姉は浜で弟を思い、弟は山で姉を思い、日の暮を待って小屋に帰れば、二人は手を取り合って、筑紫《つくし》にいる父が恋しい、佐渡《さど》にいる母が恋しいと、言っては泣き、泣いては言う。

とかくするうちに十日立った。そして新参小屋を明けなくてはならぬ時が来た。小屋を明ければ、奴《やっこ》は奴、婢《はしため》は婢の組に入るのである。

二人は死んでも別れぬといった。奴頭が大夫に訴えた。

大夫はいった。「たわけた話じゃ。奴は奴の組へ引き摩《ず》って往け。婢は婢の組へ引き摩って往け。」

奴頭が承って起《た》とうとした時、二郎が傍《かたわら》から呼び止めた。そして父に言った。「仰《おっし》ゃる通に童《わらべ》どもを引き分けさせても宜《よろしゅ》うございますが、童どもは死んでも別れぬと申すそうでございます。愚《おろか》なものゆえ、死ぬるかも知れません。苅る柴はわずかでも、汲む潮はいささかでも、人手を耗《へら》すのは損でございます。わたくしが好いように計らって遣りましょう。」

「それもそうか。損になる事はわしも嫌《きらい》じゃ。どうにでも勝手にしておけ。」大夫はこういって脇へ向いた。

二郎は三の木戸に小屋を掛けさせて、姉と弟とを一しょにおいた。

ある日の暮に二人の子供は、いつものように父母の事を言っていた。それを二郎が通り掛かって聞いた。二郎は邸《やしき》を見廻って、強い奴が弱い奴を虐《しえた》げたり、諍《いさかい》をしたり、盗《ぬすみ》をしたりするのを取り締まっているのである。

二郎は小屋に這入って二人に言った。「父母《ふぼ》は恋しゅうても佐渡は遠い。筑紫はそれよりまた遠い。子供の往かれる所ではない。父母に逢いたいなら、大きゅうなる日を待つが好い。」こういって出て行った。

程経《ほどへ》てまたある日の暮に、二人の子供は父母の事を言っていた。それを今度は三郎が通り掛かって聞いた。三郎は寝鳥《ねとり》を取ることが好《すき》で邸の内の木立《こだち》木立《こだち》を、手に弓矢を持って見廻るのである。

二人は父母の事を言う度に、どうしようか、こうしようかと、逢いたさの余に、あらゆる手立《てだて》を話し合って、夢のような相談をもする。きょうは姉がこういった。「大きくなってからでなくては、遠い旅が出来ないというのは、それは当り前の事よ。わたしたちはその出来ない事がしたいのだわ。だがわたし好く思って見ると、どうしても二人一しょにここを逃げ出しては駄目なの。わたしには構わないで、お前一人で逃げなくては。そして先へ筑紫の方へ往って、お父う様にお目に掛かって、どうしたら好いか伺うのだね。それから佐渡へお母様のお迎《むかえ》に往くが好いわ。」三郎が立聞《たちぎき》をしたのは、生憎《あいにく》この安寿の詞《ことば》であった。

三郎は弓矢を持って、つと小屋の内に這入った。「こら。お主《ぬし》たちは逃げる談合をしておるな。逃亡の企《くわだて》をしたものには烙印《やきいん》をする。それがこの邸《やしき》の掟《おきて》じゃ。赤うなった鉄は熱いぞよ。」

二人の子供は真《ま》っ蒼《さお》になった。安寿は三郎が前に進み出ていった。「あれは譃《うそ》でございます。弟が一人で逃げたって、まあ、どこまで往かれましょう。余り親に逢いたいので、あんな事を申しました。こないだも弟と一しょに、鳥になって飛んで往こうと申したこともございます。出放題《でほうだい》でございます。」

厨子王はいった。「姉えさんのいう通りです。いつでも二人で今のような、出来ない事ばかし言って、父母《ちちはは》の恋しいのを紛《まぎ》らしているのです。」

三郎は二人の顔を見較《みくら》べて、暫くの間黙っていた。「ふん。誰なら誰でも好い。お主たちが一しょにおって、なんの話をするということを、己《おれ》が慥《たしか》に聞いておいたぞ。」こういって三郎は出て行った。

その晩は二人が気味悪く思いながら寐た。それからどれだけ寐たかわからない。二人はふと物音を聞き附けて目を醒《さ》ました。今の小屋に来てからは、灯火《ともしび》を置くことが許されている。その微《かす》かな明りで見れば、枕元に三郎が立っている。三郎は、つと寄って、両手で二人の手を摑《つか》まえる。そして引き立てて戸口を出る。蒼《あお》ざめた月を仰《あお》ぎながら、二人は目見《めみ》えの時に通った、広い馬道《めどう》を引かれて行く。階《はし》を三段登る。廊《ほそどの》を通る。廻《めぐ》り廻って前《さき》の日に見た広間に這入る。そこには大勢の人が黙って並んでいる。三郎は二人を炭火の真っ赤におこった炉の前まで引き摩《ず》って出る。二人は小屋で引き立てられた時から、ただ「御免なさい御免なさい」といっていたが、三郎は黙って引き摩って行くので、しまいには二人も黙ってしまった。炉の向側《むかいがわ》には茵《しとね》三枚を畳《かさ》ねて敷いて、山椒大夫がすわっている。大夫の赤顔が、座の右左に焚《た》いてある炬火《たてあかし》を照り反《かえ》して、燃えるようである。三郎は炭火の中から、赤く焼けている火筋《ひばし》を抜き出す。それを手に持って、暫く見ている。初め透き通るように赤くなっていた鉄が、次第に黒ずんで来る。そこで三郎は安寿を引き寄せて、火筋を顔に当てようとする。厨子王はその肘《ひじ》に絡《から》み附く。三郎はそれを蹴倒して右の膝に敷く。とうとう火筋を安寿の額に十文字に当てる。安寿の悲鳴が一座の沈黙を破って響き渡る。三郎は安寿を衝《つ》き放して、膝の下の厨子王を引き起し、その額にも火筋を十文字に当てる。新に響く厨子王の泣声が、やや微《かす》かになった姉の声に交る。三郎は火筋を棄てて、初め二人をこの広間へ連れて来た時のように、また二人の手を摑まえる。そして一座を見渡した後、広い母屋《おもや》を廻《めぐ》って、二人を三段の階《はし》の所まで引き出し、凍《こお》った土の上に衝《つ》き落す。二人の子供は創《きず》の痛《いたみ》と心の恐《おそれ》とに気を失いそうになるのを、ようよう堪《た》え忍んで、どこをどう歩いたともなく、三の木戸の小家《こや》に帰る。臥所《ふしど》の上に倒れた二人は、暫く死骸のように動かずにいたが、忽《たちま》ち厨子王が「姉えさん、早くお地蔵様を」と叫んだ。安寿はすぐに起き直って、肌の守袋《まもりぶくろ》を取り出した。わななく手に紐《ひも》を解いて、袋から出した仏像を枕元に据えた。二人は右左にぬかずいた。その時歯をくいしばってもこらえられぬ額の痛《いたみ》が、掻《か》き消すように失せた。掌《てのひら》で額を撫《な》でて見れば、創《きず》は痕《あと》もなくなった。はっと思って、二人は目を醒《さ》ました。

二人の子供は起き直って夢の話をした。同じ夢を同じ時に見たのである。安寿は守本《まもりほん》尊《ぞん》を取り出して、夢で据えたと同じように、枕元に据えた。二人はそれを伏し拝んで、微《かす》かな灯火《ともしび》の明りにすかして、地蔵尊の額を見た。白毫《びゃくごう》の右左に、鏨《たがね》で彫ったような十文字の疵《きず》があざやかに見えた。

二人の子供が話を三郎に立聞《たちぎき》せられて、その晩恐ろしい夢を見た時から、安寿の様子がひどく変って来た。顔には引き締まったような表情があって、眉の根には皺《しわ》が寄り、目は遥《はるか》に遠い処を見詰めている。そして物を言わない。日の暮に浜から帰ると、これまでは弟の山から帰るのを待ち受けて、長い話をしたのに、今はこんな時にも詞少《ことばすくな》にしている。厨子王が心配して、「姉えさんどうしたのです」というと、「どうもしないの、大丈夫よ」といって、わざとらしく笑う。

安寿の前と変ったのはただこれだけで、言う事が間違ってもおらず、為《す》る事も平生の通《とおり》である。しかし厨子王は互に慰めもし、慰められもした一人の姉が、変った様子をするのを見て、際限なくつらく思う心を、誰に打ち明けて話すことも出来ない。二人の子供の境界《きょうがい》は、前より一層寂しくなったのである。

雪が降ったり歇《や》んだりして、年が暮れ掛かった。奴《やっこ》も婢《はしため》も外に出る為事《しごと》を止《や》めて、家の中で働くことになった。安寿は糸を紡《つむ》ぐ。厨子王は藁《わら》を擣《う》つ。藁を擣つのは修行はいらぬが、糸を紡ぐのはむずかしい。それを夜になると伊勢《いせ》の小萩《こはぎ》が来て、手伝ったり教えたりする。安寿は弟に対する様子が変ったばかりでなく、小萩に対しても詞少になって、動《やや》もすると不愛想をする。しかし小萩は機嫌を損せずに、いたわるようにして附き合っている。

山椒大夫が邸《やしき》の木戸にも松が立てられた。しかしここの年の始めは何の晴れがましい事もなく、また族《うから》の女子《おなご》たちは奥深く住んでいて、出入することが稀《まれ》なので、賑《にぎ》わしい事もない。ただ上《かみ》も下《しも》も酒を飲んで、奴の小屋には諍《いさかい》が起るだけである。常は諍をすると、厳しく罰せられるのに、こういう時は奴頭が大目に見る。血を流しても知らぬ顔をしていることがある。どうかすると、殺されたものがあっても構わぬのである。

寂しい三の木戸の小屋へは、折々小萩が遊びに来た。婢の小屋の賑わしさを持って来たかと思うように、小萩が話している間は、陰気な小屋も春めいて、この頃様子の変っている安寿の顔にさえ、めったに見えぬ微笑《ほほえみ》の影が浮ぶ。

三日たつと、また家の中の為事《しごと》が始まった。安寿は糸を紡《つむ》ぐ。厨子王は藁《わら》を擣《う》つ。もう夜になって小萩が来ても、手伝うに及ばぬほど、安寿は紡錘《つむ》を廻すことに慣れた。様子は変っていても、こんな静かな、同じ事を繰り返すような為事をするには差支《さしつかえ》なく、また為事がかえって一向《ひとむき》になった心を散らし、落著《おちつき》を与えるらしく見えた。姉と前のように話をすることの出来ぬ厨子王は、紡いでいる姉に、小萩がいて物を言ってくれるのが、何よりも心強く思われた。

水が温《ぬる》み、草が萌《も》える頃になった。あすからは外の為事が始まるという日に、二郎が邸を見廻る序《ついで》に、三の木戸の小屋に来た。「どうじゃな。あす為事に出られるかな。大勢の人の中には病気でおるものもある。奴頭の話を聞いたばかりではわからぬから、きょうは小屋小屋を皆見て廻ったのじゃ。」

藁を擣っていた厨子王が返事をしようとして、まだ詞《ことば》を出さぬ間《ま》に、この頃の様子にも似ず、安寿が糸を紡ぐ手を止《や》めて、つと二郎の前に進み出た。「それに就《つ》いてお願がございます。わたくしは弟と同じ所で為事がいたしとうございます。どうか一しょに山へ遣《や》って下さるように、お取計らいなすって下さいまし。」蒼《あお》ざめた顔に紅《くれない》が差して、目が赫《かがや》いている。

厨子王は姉の様子が二度目に変ったらしく見えるのに驚き、また自分になんの相談もせずにいて、突然柴苅に往きたいというのをも訝《いぶか》しがって、ただ目を睜《みは》って姉をまもっている。

二郎は物を言わずに、安寿の様子をじっと見ている。安寿は「外《ほか》にない、ただ一つのお願でございます、どうぞ山へお遣なすって」と繰り返して言っている。

暫くして二郎は口を開いた。「この邸《やしき》では奴婢《ぬひ》のなにがしになんの為事をさせるということは、重い事にしてあって、父がみずから極《き》める。しかし垣衣《しのぶぐさ》、お前の願はよくよく思い込んでの事と見える。わしが受け合って取りなして、きっと山へ往かれるようにして遣る。安心しているが好い。まあ、二人の穉《おさな》いものが無事に冬を過して好かった。」

こういって小屋を出た。

厨子王は杵《きね》を措《お》いて姉の側に寄った。「姉えさん。どうしたのです。それはあなたが一しょに山へ来て下さるのは、わたしも嬉しいが、なぜ出《だ》し抜《ぬけ》に頼んだのです。なぜわたしに相談しません。」

姉の顔は喜《よろこび》に赫《かがや》いている。「ほんにそうお思いのはもっともだが、わたしだってあの人の顔を見るまで、頼もうとは思っていなかったの。ふいと思い附いたのだもの。」

「そうですか。変ですなあ。」厨子王は珍らしい物を見るように姉の顔を眺めている。

奴頭《やつこがしら》が籠と鎌とを持って這入って来た。「垣衣《しのぶぐさ》さん。お前に汐汲《しおくみ》をよさせて、柴を苅りに遣るのだそうで、わしは道具を持って来た。代りに桶《おけ》と杓《ひさご》を貰って往こう。」

「これはどうもお手数《てかず》でございました。」安寿は身軽に立って、桶と杓とを出して返した。

奴頭はそれを受け取ったが、まだ帰りそうにはしない。顔には一種の苦笑《にがわらい》のような表情が現れている。この男は山椒大夫一家《け》のものの言附《いいつけ》を、神の託宣を聴くように聴く。そこで随分情ない、苛酷な事をもためらわずにする。しかし生得《しょうとく》、人の悶《もだ》え苦《くるし》んだり、泣き叫んだりするのを見たがりはしない。物事が穏かに運んで、そんな事を見ずに済めば、その方が勝手である。今の苦笑のような表情は人に難儀を掛けずには済まぬとあきらめて、何か言ったり、したりする時に、この男の顔に現れるのである。

奴頭は安寿に向いていった。「さて今一つ用事があるて。実はお前さんを柴苅に遣る事は、二郎様が大夫様に申し上げて拵《こしら》えなさったのじゃ。するとその座に三郎様がおられて、そんなら垣衣を大童《おおわらわ》にして山へ遣れと仰《おつしや》った。大夫様は、好い思附《おもいつき》じゃとお笑なされた。そこでわしはお前さんの髪を貰うて往かねばならぬ。」

傍《そば》で聞いている厨子王は、この詞を胸を刺されるような思をして聞いた。そして目に涙を浮べて姉を見た。

意外にも安寿の顔からは喜の色が消えなかった。「ほんにそうじゃ。柴苅に往くからは、わたしも男じゃ。どうぞこの鎌で切って下さいまし。」安寿は奴頭の前に項《うなじ》を伸ばした。

光沢《つや》のある、長い安寿の髪が、鋭い鎌の一搔《かき》にさっくり切れた。

あくる朝、二人の子供は背に籠を負い腰に鎌を挿《さ》して、手を引き合って木戸を出た。山椒大夫の所に来てから、二人一しょに歩くのはこれが始である。

厨子王は姉の心を忖《はか》り兼ねて、寂しいような、悲しいような思に胸が一ぱいになっている。きのうも奴頭の帰った跡で、いろいろに詞を設けて尋ねたが、姉はひとりで何事をか考えているらしく、それをあからさまには打ち明けずにしまった。

山の麓《ふもと》に来た時、厨子王はこらえ兼ねていった。「姉えさん。わたしはこうして久し振で一しょに歩くのだから、嬉しがらなくてはならないのですが、どうも悲しくてなりません。わたしはこうして手を引いていながら、あなたの方へ向いて、その禿《かぶろ》になったお頭《つむり》を見ることが出来ません。姉えさん。あなたはわたしに隠して、何か考えていますね。なぜそれをわたしに言って聞かせてくれないのです。」

安寿はけさも毫光《ごうこう》のさすような喜を額に湛《たた》えて、大きい目を赫《かがや》かしている。しかし弟の詞《ことば》には答えない。ただ引き合っている手に力を入れただけである。

山に登ろうとする所に沼がある。汀《みぎわ》には去年見た時のように、枯葦《かれあし》が縦横に乱れているが、道端の草には黄ばんだ葉の間に、もう青い芽の出たのがある。沼の畔《ほとり》から右に折れて登ると、そこに岩の隙間から清水の湧《わ》く所がある。そこを通り過ぎて、岩壁を右に見つつ、うねった道を登って行くのである。

丁度《ちょうど》岩の面《おもて》に朝日が一面に差している。安寿は畳《かさ》なり合った岩の、風化した間に根を卸《おろ》して、小さい菫《すみれ》の咲いているのを見附けた。そしてそれを指さして厨子王に見せていった。「御覧。もう春になるのね。」

厨子王は黙って頷《うなず》いた。姉は胸に秘密を蓄《たくわ》え、弟は憂《うれえ》ばかりを抱いているので、とかく受応《うけこたえ》が出来ずに、話は水が砂に沁《し》み込むようにとぎれてしまう。

去年柴を苅った木立の辺《ほとり》に来たので、厨子王は足を駐《とど》めた。「ねえさん。ここらで苅るのです。」

「まあ、もっと高い所へ登って見ましょうね。」安寿は先に立ってずんずん登って行く。厨子王は訝《いぶか》りながら附いて行く。暫くして雑木林よりはよほど高い、外山《とやま》の頂《いただき》ともいうべき所に来た。

安寿はそこに立って、南の方をじっと見ている。目は、石浦《いしうら》を経て由良《ゆら》の港に注ぐ大《おお》雲川《くもがわ》の上流を辿《たど》って、一里ばかり隔った川向《かわむかい》に、こんもりと茂った木立の中から、塔の尖《さき》の見える中山《なかやま》に止まった。そして「厨子王や」と弟を呼び掛けた。「わたしが久しい前から考事《かんがえごと》をしていて、お前ともいつものように話をしないのを、変だと思っていたでしょうね。もうきょうは柴なんぞは苅らなくても好いから、わたしの言う事を好くお聞。小萩《こはぎ》は伊勢から売られて来たので、故郷からこの土地までの道を、わたしに話して聞かせたがね、あの中山を越して往けば、都がもう近いのだよ。筑紫《つくし》へ往くのはむずかしいし、引き返して佐渡へ渡るのも、たやすい事ではないけれど、都へはきっと往かれます。お母あ様と御一しょに岩代《いわしろ》を出てから、わたしどもは恐ろしい人にばかり出逢ったが、人の運が開けるものなら、善い人に出逢わぬにも限りません。お前はこれから思い切って、この土地を逃げ延びて、どうぞ都へ登っておくれ。神仏《かみほとけ》のお導《みちびき》で、善い人にさえ出逢ったら、筑紫へお下《くだ》りになったお父う様のお身の上も知れよう。佐渡へお母あ様のお迎に往くことも出来よう。籠や鎌は棄《す》てておいて、樏子《かれいけ》だけ持って往くのだよ。」

厨子王は黙って聞いていたが、涙が頬を伝って流れて来た。「そして、姉えさん、あなたはどうしようというのです。」

「わたしの事は構わないで、お前一人でする事を、わたしと一しょにするつもりでしておくれ。お父う様にもお目に掛かり、お母あ様をも島からお連《つれ》申した上で、わたしをたすけに来ておくれ。」

「でもわたしがいなくなったら、あなたをひどい目に逢わせましょう。」厨子王が心には烙印《やきいん》をせられた、恐ろしい夢が浮ぶ。

「それは意地《いじ》めるかも知れないがね、わたしは我慢して見せます。金で買った婢《はしため》を、あの人たちは殺しはしません。多分お前がいなくなったら、わたしを二人前働かせようとするでしょう。お前の教えてくれた木立の所で、わたしは柴を沢山苅ります。六荷まては苅れないでも、四荷でも五荷でも苅りましょう。さあ、あそこまで降りて行って、籠や鎌をあそこに置いて、お前を麓《ふもと》へ送って上げよう。」こういって安寿は先に立って降りて行く。

厨子王はなんとも思い定め兼ねて、ぼんやりして附いて降りる。姉は今年十五になり、弟は十三になっているが、女は早くおとなびて、その上物に憑《つ》かれたように、聡《さと》く賢《さか》しくなっているので、厨子王は姉の詞《ことば》に背《そむ》くことが出来ぬのである。

木立の所まで降りて、二人は籠と鎌とを落葉の上に置いた。姉は守本尊《まもりほんぞん》を取り出して、それを弟の手に渡した。「これは大事なお守だが、こん度逢うまでお前に預けます。この地蔵様をわたしだと思って、護刀《まもりがたな》と一しょにして、大事に持っていておくれ。」

「でも姉えさんにお守がなくては。」

「いいえ。わたしよりはあぶない目に逢うお前にお守を預けます。晩にお前が帰らないと、きっと討手《うって》が掛かります。お前がいくら急いでも、あたり前に逃げて行っては、追い附かれるに極《き》まっています。さっき見た川の上手《かみて》を和江《わえ》*という所まで往って、首尾好く人に見附けられずに、向河岸《むこうがし》へ越してしまえば、中山までもう近い。そこへ往ったら、あの塔の見えていたお寺に這入《はい》って隠しておもらい。暫くあそこに隠れていて、討手が帰って来た跡《あと》で、寺を逃げてお出《いで》。」

「でもお寺の坊さんが隠しておいてくれるでしょうか。」

「さあ、それが運験《うんだめ》しだよ。開ける運なら坊さんがお前を隠してくれましょう。」

「そうですね。姉えさんのきょう仰《おっし》ゃる事は、まるで神様か仏様が仰ゃるようです。わたしは考を極《き》めました。なんでも姉えさんの仰ゃる通にします。」

「おう、好く聴いておくれだ。坊さんは善い人で、きっとお前を隠してくれます。」

「そうです。わたしにもそうらしく思われて来ました。逃げて都へも往かれます。お父う様やお母あ様にも逢われます。姉えさんのお迎にも来られます。」厨子王の目が姉と同じように赫《かがや》いて来た。

「さあ、麓まで一しょに行くから、早くお出《いで》。」

二人は急いで山を降りた。足の運《はこび》も前とは違って、姉の熱した心持が、暗示《あんし》のように弟に移って行ったかと思われる。

泉の湧《わ》く所へ来た。姉は樏子に添えてある木の椀《まり》を出して、清水を汲んだ。「これがお前の門出を祝うお酒だよ。」こういって一口飲んで弟に差した。

弟は椀を飲み干《ほ》した。「そんなら姉えさん、御機嫌好う。きっと人に見附からずに、中山まで参ります。」

厨子王は十歩ばかり残っていた坂道を、一走りに駆け降りて、沼に沿うて街道に出た。そして大雲川《おおくもがわ》の岸を上手へ向かって急ぐのである。

安寿は泉の畔《ほとり》に立って、並木の松に隠れてはまた現れる後影《うしろかげ》を小さくなるまで見送った。そして日は漸《ようや》く午《ひる》に近づくのに、山に登ろうともしない。幸にきょうはこの方角の山で木を樵《こ》る人がないと見えて、坂道に立って時を過す安寿を見咎《みとが》めるものもなかった。

後に同胞《はらから》を捜しに出た、山椒大夫一家《け》の討手《うって》が、この坂の下の沼の端《はた》で、小さい藁履《わらぐつ》を一足拾った。それは安寿の履《くつ》であった。

中山の国分寺《こくぶじ》の三門に、松明《たいまつ》の火影《ほかげ》が乱れて、大勢の人が籠《こ》み入《い》って来る。先に立ったのは、白柄《しらつか》の薙刀《なぎなた》を手挟《たばさ》んだ、山椒大夫の息子三郎である。

三郎は堂の前に立って大声にいった。「これへ参ったのは、石浦《いしうら》の山椒大夫が族《うから》のものじゃ。大夫が使う奴の一人が、この山に逃げ込んだのを、たしかに認めたものがある。隠れ場は寺内《じない》より外《ほか》にはない。すぐにここへ出してもらおう。」附いて来た大勢が、「さあ、出してもらおう、出してもらおう」と叫んだ。

本堂の前から門の外まで、広い石畳が続いている。その石の上には、今手に手に松明を持った、三郎が手のものが押し合っている。また石畳の両側には、境内に住んでいる限の僧俗が、殆《ほとん》ど一人も残らず簇《むらが》っている。これは討手の群が門外で騒いだ時、内陣からも、庫裡《くり》からも、何事が起ったかと、怪んで出て来たのである。

初め討手が門外から門を開《あ》けいと叫んだ時、開けて入れたら、乱暴をせられはすまいかと心配して、開けまいとした僧侶が多かった。それを住持曇猛律師《じゅうじどんみょうりつし》が開けさせた。しかし今三郎が大声で、逃げた奴《やっこ》を出せというのに、本堂は戸を閉じたまま、暫くの間ひっそりとしている。

三郎は足踏《あしぶみ》をして、同じ事を二、三度繰り返した。手のものの中から「和尚さん、どうしたのだ」と呼ぶものがある。それに短い笑声が交る。

ようようの事で本堂の戸が静かに開いた。曇猛律師が自分で開けたのである。律師は*偏衫《へんさん》一つ身に纏《まと》って、なんの威儀をも繕《つくろ》わず、常灯明《じょうとうみょう》の薄明《うすあかり》を背にして本堂の階《はし》の上に立った。丈《たけ》の高い巌畳《がんじょう》な体《からだ》と、眉のまだ黒い廉張《かどば》った顔とが、揺《ゆら》めく火に照らし出された。律師はまだ五十歳を越したばかりである。

律師は徐《しず》かに口を開いた。騒がしい討手のものも、律師の姿を見ただけで黙ったので、声は隅々《すみずみ》まで聞えた。「逃げた下人《げにん》を捜しに来られたのじゃな。当山では住持のわしに言わずに人は留《と》めぬ。わしが知らぬから、そのものは当山にいぬ。それはそれとして、夜陰《やいん》に剣戟《けんげき》を執《と》って、多人数《たにんず》押し寄せて参られ、三門を開けといわれた。さては国に大乱でも起ったか、公《おおやけ》の叛逆人《ほんぎゃくにん》でも出来たかと思うて、三門を開けさせた。それになんじゃ。御身《おんみ》が家の下人の詮議《せんぎ》か。当山は勅願の寺院で、三門には勅額を懸け、七重の塔には宸翰金字《しんかんこんじ》の経文《きょうもん》が蔵《おさ》めてある。ここで狼藉《ろうぜき》を働かれると、国守《くにのかみ》は検校《けんぎょう》の責《せめ》を問われるのじゃ。また総本山東大寺に訴えたら、都からどのような御沙汰があろうも知れぬ。そこを好う思うて見て、早う引き取られたが好かろう。悪い事は言わぬ。お身たちのためじゃ。」こういって律師は徐《しず》かに戸を締めた。

三郎は本堂の戸を睨《にら》んで歯咬《はがみ》をした。しかし戸を打ち破って踏み込むだけの勇気もなかった。手のものどもはただ風に木葉《このは》のざわつくように囁《ささや》きかわしている。

この時大声で叫ぶものがあった。「その逃げたというのは十二、三の小わっぱじゃろう。それならわしが知っておる。」

三郎は驚いて声の主を見た。父の山椒大夫に見まがうような親爺《おやじ》で、この寺の鐘楼守《しゆろうもり》である。親爺は詞《ことば》を続《つ》いでいった。「そのわっぱはな、わしが午頃《ひるごろ》鐘楼から見ておると、築泥《ついじ》の外を通って南へ急いだ。かよわい代《かわり》には身が軽い。もう大分《だいぶ》の道を行ったじゃろ。」

「それじゃ。半日に童《わらべ》の行く道は知れたものじゃ。続け」といって三郎は取って返した。

松明《たいまつ》の行列が寺の門を出て、築泥の外を南へ行くのを、鐘楼守は鐘楼から見て、大声で笑った。近い木立の中で、ようよう落ち著いて寝ようとした鴉《からす》が二、三羽また驚いて飛び立った。

あくる日に国分寺《こくぶじ》からは諸方へ人が出た。石浦に往ったものは、安寿の入水《じゅすい》の事を聞いて来た。南の方へ往ったものは、三郎の率《ひき》いた討手《うって》が*田辺まで往って引き返した事を聞いて来た。

中《なか》二日おいて、曇猛律師《どんみょうりつし》が田辺の方へ向いて寺を出た。盥《たらい》ほどある鉄の受糧器《じゅりょうき》を持って、腕の太さの錫杖《しゃくじょう》を衝《つ》いている。跡《あと》からは頭を剃《そ》りこくって*三衣《さんえ》を着た厨子王が附いて行く。

二人は真昼に街道を歩いて、夜は所々《しょしょ》の寺に泊った。*山城《やましろ》の朱雀野《しゅじゃくの》に来て、律師は権現堂《ごんげんどう》に休んで、厨子王に別れた。「守本尊《まもりほんぞん》を大切にして往け、父母の消息はきっと知れる」と言い聞かせて、律師は踵《くびす》を旋《めぐら》した。亡くなった姉と同じ事を言う坊様だと、厨子王は思った。

都に上《のぼ》った厨子王は、僧形《そうぎょう》になっているので、東山《ひがしやま》の清水寺《きよみずでら》に泊った。

籠堂《こもりどう》に寝て、あくる朝目が醒《さ》めると、*直衣《のうし》に烏帽子《えぼし》を着て指貫《さしぬき》を穿《は》いた老人が、枕元に立っていていった。「お前は誰《たれ》の子じゃ。何か大切な物を持っているなら、どうぞ己《おれ》に見せてくれい。己は娘の病気の平癒《へいゆ》を祈るために、ゆうべここに参籠した。すると夢にお告《つげ》があった。左の格子《こうし》に寝ている童《わらわ》が好い守本尊を持っている。それを借りて拝ませいという事じゃ。けさ左の格子に来て見れば、お前がいる。どうぞ己に身の上を明かして、守本尊を貸してくれい。己は*関白師実《かんぱくもろざね》じゃ。」

厨子王はいった。「わたくしは陸奥掾正氏《むつのじようまさうじ》というものの子でございます。父は十二年前に*筑紫《つくし》の安楽寺《あんらくじ》へ往った切り、帰らぬそうでございます。母はその年に生れたわたくしと、三つになる姉とを連れて、岩代《いわしろ》の信夫郡《しのぶごおり》に住むことになりました。そのうちわたくしが大《だい》ぶ大きくなったので、姉とわたくしとを連れて、父を尋ねに旅立ちました。越後まで出ますと、恐ろしい人買《ひとかい》に取られて、母は佐渡へ、姉とわたくしとは丹後の由良《ゆら》へ売られました。姉は由良で亡くなりました。わたくしの持っている守本尊はこの地蔵様でございます。」こういって守本尊を出して見せた。

師実《もろざね》は仏像を手に取って、まず額に当てるようにして礼をした。それから面背《めんぱい》を打ち返し打ち返し、丁寧に見ていった。「これは兼ねて聞き及んだ、尊い放光王地蔵菩薩《じぞうぼさつ》の金像《こんぞう》じゃ。百済国《くだらこく》から渡ったのを、高見王《たかみおう》が持仏《じぶつ》にしてお出《いで》なされた。これを持ち伝えておるからは、お前の家柄に紛れはない。*仙洞《せんとう》がまだ御位《みくらい》におらせられた*永保《えいほう》の初《はじめ》に、国守の*違格《いきやく》に連座して、筑紫へ左遷せられた平正氏《たいらのまさうじ》が嫡子《ちゃくし》に相違あるまい。もし還俗《げんぞく》の望があるなら、追っては*受領《ずりょう》の御沙汰もあろう。まず当分は己の家の客にする。己と一しょに館《やかた》へ来い。」

関白師実《もろざね》の娘といったのは、仙洞に傅《かしず》いている養女で、実は妻の姪《めい》である。この后《きさき》は久しい間病気でいられたのに、厨子王の守本尊を借りて拝むと、すぐに拭《ぬぐ》うように本復《ほんぷく》せられた。

師実は厨子王に還俗《げんぞく》させて、自分で*冠《かんむり》を加えた。同時に正氏が謫所《たくしょ》へ、赦免状《しゃめんじょう》を持たせて、安否を問いに使を遣った。しかしこの使が往った時、正氏はもう死んでいた。元服して正道《まさみち》と名告《なの》っている厨子王は、身の窶《やつ》れるほど歎いた。

その年の秋の*除目《じもく》に正道は丹後の国守《こくしゅ》にせられた。これは遥授《ようじゅ》の官で、任国《にんこく》には自分で往かずに、掾《じょう》を置いて治めさせるのである。しかし国守は最初の政《まつりごと》として、丹後一国で人の売買《うりかい》を禁じた。そこで山椒大夫も悉《ことごと》く奴婢を解放して、給料を払うことにした。大夫が家では一時それを大きい損失のように思ったが、この時から農作も工匠《たくみ》の業《わざ》も前に増して盛《さかん》になって、一族はいよいよ富み栄えた。国守の恩人曇猛律師《どんみょうりつし》は僧都《そうず》にせられ、国守の姉をいたわった小萩《こはぎ》は故郷へ還《かえ》された。安寿が亡き迹《あと》は懇《ねんごろ》に弔《とむら》われ、また入水《じゆすい》した沼の畔《ほとり》には尼寺が立つことになった。

正道は任国のためにこれだけの事をしておいて、特に仮寧《*けにょう》を申し請うて、微行《びこう》して佐渡《さど》へ渡った。

佐渡の国府《こふ》は雑太《*さわた》という所にある。正道はそこへ往って、役人の手で国中を調べてもらったが、母の行方《ゆくえ》は容易に知れなかった。

ある日正道は思案に暮れながら、一人旅館を出て市中を歩いた。そのうちいつか人家の立ち並んだ所を離れて、畑中の道に掛かった。空は好く晴れて日があかあかと照っている。正道は心の中に、「どうしてお母あ様の行方が知れないのだろう、もし役人なんぞに任せて調べさせて、自分が捜し歩かぬのを神仏《かみほとけ》が憎んで逢わせて下さらないのではあるまいか」などと思いながら歩いている。ふと見れば、大《だい》ぶ大きい百姓家がある。家の南側の疎《まばら》な生垣《いけがき》の内が、土を敲《たた》き固めた広場になっていて、その上に一面に蓆《むしろ》が敷いてある。蓆には刈り取った粟《あわ》の穂が干してある。その真ん中に、襤褸《ぼろ》を着た女がすわって、手に長い竿を持って、雀《すずめ》の来て啄《ついば》むのを逐《お》っている。女は何やら歌のような調子でつぶやく。

正道はなぜか知らず、この女に心が牽《ひ》かれて、立ち止まって覗《のぞ》いた。女の乱れた髪は塵《ちり》に塗《まみ》れている。顔を見れば盲《めしい》である。正道はひどく哀れに思った。そのうち女のつぶやいている詞《ことば》が、次第に耳に慣れて聞き分けられて来た。それと同時に正道は瘧病《おこりやみ》のように身内《みうち》が震《ふる》って、目には涙が湧いて来た。女はこういう詞を繰り返してつぶやいていたのである。

安寿恋しや、ほうやれほ。
厨子王恋しや、ほうやれほ。
鳥も生《しょう》あるものなれば、
疾《と》う疾う逃げよ、逐《お》わずとも。

正道はうっとりとなって、この詞に聞き惚《ほ》れた。そのうち臓腑《ぞうふ》が煮え返るようになって、獣めいた叫が口から出ようとするのを、歯を食いしばってこらえた。忽《たちま》ち正道は縛《しば》られた縄が解けたように垣《かき》の内へ駆け込んだ。そして足には粟の穂を踏み散らしつつ、女の前に俯伏《うつぶ》した。右の手には守本尊を捧《ささ》げ持って、俯伏した時に、それを額に押し当てていた。

女は雀でない、大きいものが粟をあらしに来たのを知った。そしていつもの詞を唱え罷《や》めて、見えぬ目でじっと前を見た。その時干した貝が水にほとびるように、両方の目に潤《うるお》いが出た。女は目が開《あ》いた。

「厨子王」という叫が女の口から出た。二人はぴったり抱き合った。

魚玄機

魚玄機《ぎょげんき》が人を殺して獄に下《くだ》った。風説は忽《たちま》ち長安人士《ちょうあんじんし》の間に流伝せられて、一人として事の意表に出《い》でたのに驚かぬものはなかった。

唐《とう》の代《よ》には道教が盛《さかん》であった。それは道士*らが王室の李姓であるのを奇貨*として、老子を先祖だと言《い》い做《な》し、老君に仕うること宗廟《そうびょう》に仕うるが如くならしめたためである。*天宝《てんぽう》以来西の京の長安には*太清宮《たいせいきゅう》があり、東の京の洛陽《らくよう》には太微宮《たいびきゅう》があった。その外《ほか》都会ごとに紫極宮《しきょくきゅう》があって、どこでも日を定めて厳《おごそ》かな祭が行われるのであった。長安には太清宮の下《しも》に許多《いくた》の楼観がある。道教に観があるのは、仏教に寺があるのと同じ事で、寺には僧侶がおり、観には道士がおる。その観の一つを咸宜観《かんぎかん》といって女道士《じょどうし》魚玄機はそこに住んでいたのである。

玄機は久しく美人を以て聞えていた。*趙痩《ちょうそう》といわんよりは、むしろ楊肥《ようひ》というべき女である。それが女道士になっているから、脂粉の顔色《がんしょく》を涴《けが》すを嫌っていたかというと、そうではない。平生粧《よそおい》を凝《こら》し容《かたち》を治《かざ》っていたのである。獄に下った時は懿宗《いそう》の*咸通《かんつう》九年で、玄機はあたかも二十六歳になっていた。

玄機が長安人士の間に知られていたのは、独《ひと》り美人として知られていたのみではない。この女は詩を善くした。詩が唐の代《だい》に最も隆盛であったことは言を待たない。隴西《ろうせい》の李《り》白《はく》、襄陽《じょうよう》の杜甫《とほ》が出て、天下の*能事を尽した後に太原《たいげん》の白居易《はくきょい》が踵《つ》いで起って、古今の人情を*曲尽《きょくじん》し、長恨歌《ちょうこんか》や琵琶行《びわこう》は戸ごとに誦《そら》んぜられた。白居易の亡くなった宣宗《せんそう》の*大《たい》中《ちゅう》元年に、玄機はまだ五歳の女児であったが、ひどく怜悧《れいり》で、白居易は勿論《もちろん》、それと名を斉《ひとしゅ》うしていた*元微之《げんびし》の詩をも、多く諳記《あんき》して、その数は*古今体《ここんたい》を通じて数十篇に及んでいた。十三歳の時玄機は始《はじ》めて七言絶句を作った。それから十五歳の時には、もう魚《ぎょ》家《か》の少女の詩というものが好事者《こうずしゃ》の間に写し伝えられることがあったのである。

そういう美しい女詩人が人を殺して獄に下ったのだから、当時世間の視聴を聳動《しょうどう》したのも無理はない。

魚玄機の生れた家は、長安の大道《たいどう》から横に曲がって行く小さい街にあった。いわゆる*狭邪《きょうしゃ》の地でどの家にも歌女《かじょ》を養っている。魚家もその倡家《しょうか》の一つである。玄機が詩を学びたいと言い出した時、両親が快く諾《だく》して、隣街《りんがい》の*窮措大《きゅうそだい》を家に招いて、平仄《ひょうそく》や押韻《おういん》の法を教えさせたのは、他日この子《こ》を*揺金樹《ようきんじゅ》にしようという願《ねがい》があったからである。

大中十一年の春であった。魚家の妓《ぎ》数人が度々《たびたび》或る*旗亭《きてい》から呼ばれた。客は宰相令狐《れいこ》綯《とう》の家の公子で令狐滈《れいこかく》という人である。貴公子仲間の裴誠《ひせい》がいつも一しょに来る。それに今一人の相伴《しょうばん》があって、この人は温《おん》姓で、令狐や裴に鍾馗鍾馗《しょうきしょうき》と呼ばれている。公子二人は美服しているのに、温は独り汚《よご》れ垢《あか》ついた衣《きぬ》を著ていて、とかく公子らに頤使《いし》せられるので、妓らは初め僮僕《どうぼく》ではないかと思った。然るに酒酣《たけなわ》に耳熱《ねっ》して来ると、温《おん》鍾馗《しょうき》は二公子を白眼に視《み》て、叱咤《しった》怒号する。それから妓に琴を弾かせ、笛を吹かせて歌い出す。かつて聞いたことのない、美しい詞《ことば》を朗《ほが》らかな声で歌うのに、その音調が好く整っていて、しろう人《と》とは思われぬほどである。鍾馗の諢名《あだな》のある*于《う》思《し》旰目《かんもく》の温が、二人の*白面郎《はくめんろう》に侮られるのを見て、嘲謔《ちょうぎゃく》の目標にしていた妓らは、この時温の傍《そば》に一人寄り二人寄って、とうとう温を囲んで傾聴した。この時から妓らは温と親しくなった。温は妓の琴を借りて弾いたり、笛を借りて吹いたりする。吹弾《すいたん》の技も妓らの及ぶ所ではない。

妓らが魚家に帰って、頻《しき》りに温の噂《うわさ》をするので、玄機がそれを聞いて師匠にしている措《そ》大《だい》に話すと、その男が驚いていった。「温鍾馗というのは、恐らくは太原《たいげん》の温岐《おんき》の事だろう。またの名は庭筠《ていいん》、字《あざな》は飛卿《ひけい》である。*挙場《きょじょう》にあって八たび手を叉《こまぬ》けば八韻《いん》の詩が成るので、温八叉《おんはっしゃ》という諢名《あだな》もある。鍾馗というのは、容貌が醜怪だから言うのだ。当今の詩人では李商隠《りしょういん》を除いて、あの人の右に出るものはない。この二人に段成式《だんせいしき》を加えて三名家といっているが、段はやや劣っている」といった。

それを聞いてからは、妓らが令狐の筵会《えんかい》から帰るごとに、玄機が温の事を問う。妓らもまた温に逢うごとに玄機の事を語るようになった。そしてとうとう或る日温が魚家に訪ねて来た。美しい少女が詩を作るという話に、好奇心を起したのである。

温と玄機とが対面した。温の目に映じた玄機はまさに開かんとする牡丹《ぼたん》の花のような少女である。温は貴公子連と遊んではいるが、もう年は四十に達して、鍾馗の名に負《そむ》かぬ容貌をしている。*開成《かいせい》の初に妻を迎えて、家には玄機と殆《ほとん》ど同年になる憲《けん》という子がいる。

玄機は襟《えり》を正して恭《うやうや》しく温を迎えた。初め妓らに接するが如き態度を以て接しようとした温は、覚えず容《かたち》を改めた。さて語を交えて見て、温は直《すぐ》に玄機が尋常の女でないことを知った。何故《なぜ》というに、この花の如き十五歳の少女には、些《ちと》の嬌羞《きょうしゅう》の色もなく、その口吻《こうふん》は男子に似ていたからである。

温はいった。「卿《けい》の詩を善《よ》くすることを聞いた。近業があるなら見せて下さい」といった。

玄機は答えた。「*児《じ》は不幸にして未《いま》だ良師を得ません。どうして近業の言うに足るものがありましょう。今伯楽《はくらく》の一顧《こ》を得て、*奔踶《ほんてい》して千里を致すの思《おもい》があります。願わくは題を課してお試み下さい」といったのである。

温は微笑を禁じ得なかった。この少女が*良驥《りょうき》を以て自ら比するのは、いかにもふさわしくないように感じたからである。

玄機は起《た》って筆墨を温の前に置いた。温は率然《そつぜん》「江辺柳《こうへんりゅう》」の三字を書して示した。玄機が暫く考えて*占出《せんしゅつ》した詩はこうである。

賦得江辺柳

翠色連荒岸
烟姿入遠楼
影鋪秋水面
花落釣人頭
根老蔵魚窟
枝低繫客舟
蕭蕭風雨夜

江辺《こうへん》の柳を賦《ふ》し得たり

翠色《すいしょく》　荒岸《こうがん》に連り、
烟姿《えんし》　遠楼《えんろう》に入る。
影は鋪《し》く　秋水の面《おもて》、
花は落つ　釣人《ちょうじん》の頭《こうべ》。
根老《ねお》いて　魚窟《ぎょくつ》を蔵《ぞう》し、
枝低《た》れて　客舟《かくしゅう》を繫《つな》ぐ。
蕭蕭《しょうしょう》たる風雨の夜、

驚夢復添愁　夢を驚かし　復《ま》た愁《うれい》を添ふ。

温は一誦《しょう》して善《よ》しと称した。温はこれまで七たび挙場に入《い》った。そして毎《つね》に堂々たる男子が苦索《くさく》して一句を成し得ないのを見た。彼輩《かのはい》は皆遠くこの少女に及ばぬのである。これを始として温は度々魚家を訪ねた。二人《にん》の間には詩筒《*しとう》の往反《おうへん》織るが如くになった。

温は大中元年に、三十歳で太原《たいげん》から出て、始て進士《しんし》の試《し》に応じた。自己の詩文は燭《しょく》一寸を燃《もや》さぬうちに成ったので、隣席のものが呻吟《しんぎん》するのを見て、これに手を仮《か》して遣《や》った。その後挙場に入るごとに七、八人のために詩文を作る。その中には及第するものがある。ただ温のみはいつまでも及第しない。

これに反して場外の名は京師《けいし》に騒いで、大中四年に宰相になった令狐綯《れいことう》も、温を引見して度々筵席《えんせき》に列《れっ》せしめた。或る日席上で綯が一の故事を問うた。それは『荘子』に出ている事であった。温が直ちに答えたのは好いが、その詞《ことば》は頗《すこぶ》る不謹慎であった。「それは『南華《*なんか》』に出ております。余り僻書《へきしょ》ではございません。相公《しょうこう》も燮理《*しょうり》の暇《いとま》には、時々読書をもなさるが宜しゅうございましょう」といったのである。

また宣宗《せんそう》が菩薩蛮《*ぼさつばん》の詞を愛するので、綯《とう》が塡詞《てんし》して上《たてまつ》った。実は温に代作させて口止《くちどめ》をしておいたのである。然るに温は酔ってその事を人に漏《もら》した。その上かつて「*中書《ちゅうしょ》堂内坐将軍《どうないしょうぐんをざせしむ》」といったことがある。綯が無学なのを譏《そし》ったのである。

温の名は遂に宣宗にも聞えた。それは或る時宣宗が一句を得て対《たい》を*挙人《きょじん》中に求めると、温は宣宗の「*金歩揺《きんほよう》」に対するに「玉条脱《ぎょくじょうだつ》」を以てして、帝に激賞せられたのである。然るに宣宗は微行《びこう》をする癖があって、温の名を識《し》ってから間もなく、旗亭で温に邂逅《かいこう》した。温は帝の顔を識らぬので、暫く語を交えているうちに傲慢《ごうまん》無礼の言をなした。

既にして挙場では、沈詢《ちんじゅん》が*知挙《ちきょ》になってから、温を別席におらせて、隣に空席をおくことになった。詩名はいよいよ高く、帝も宰相もその才を愛しながら、その人を鄙《いやし》んだ。趙顓《ちょうせん》の妻になっている温の姉などは、弟のために要路に懇請したが、何の甲斐《かい》もなかった。

温の友に李億《りおく》という素封家《そほうか》があった。年は温より十ばかりも少《わか》くて頗《すこぶ》る詞賦《しふ》を解していた。

咸通《かんつう》元年の春であった。久しく襄陽《じょうよう》に往っていた温が長安に還《かえ》ったので、李がその寓居を訪ねた。襄陽では、温は*刺史《しし》徐商《じょしょう》の下で小吏《しょうり》になって、やや久しく勤めていたが、終《つい》に厭倦《えんけん》を生じて罷《や》めたのである。

温の机の上に玄機の詩稿があった。李はそれを見て歎称した。そしてどんな女かといった。温は三年前から詩を教えている、花の如き少女だと告げた。それを聞くと、李は精《くわ》しく魚家のある街《まち》を問うて、何か思うことありげに、急いで座を起《た》った。

李は温の所を辞して、径《ただ》ちに魚家に往って、玄機を納《い》れて側室にしようといった。玄機の両親は*幣《へい》の厚いのに動《うご》かされた。

玄機は出て李と相見た。今年はもう十八歳になっている。その容貌の美しさは、温の初て逢った時の比ではない。李もまた白皙《はくせき》の美《び》丈夫《じょうふ》である。李は切に請い、玄機は必しも拒まぬので、約束は即時に成就して、数日の後に、李は玄機を城外の*林亭《りんてい》に迎え入れた。

この時李は遽《にわか》に発した願《ねがい》が遽に愜《かな》ったように思った。しかしそこに意外の障礙《しょうがい》が生じた。それは李が身を以て、近《ちか》づこうとすれば、玄機は回避して、強《し》いて逼《せま》れば号泣するのである。林亭は李が夕《ゆうべ》に望《のぞみ》を懐《いだ》いて往き、朝《あした》に興を失って還るの処となった。

李は玄機が不具ではないかと疑って見た。しかしもしそうなら、初に*聘《へい》を卻《しりぞ》けたはずである。李は玄機に嫌われていると思うことが出来ない。玄機は泣く時に、一旦避けた身を李に靠《もた》せ掛けてさも苦痛に堪えぬらしく泣くのである。

李はしばしば催してかつて遂げぬ欲望のために、徒《いたず》らに精神を銷磨《しょうま》して、行住座臥《こうじゅうざが》の間、恍惚として失する所あるが如くになった。

李には妻がある。妻は夫の動作が常に異なるのを見て、その去住《*きょじゅう》に意を注いだ。そして僮僕《どうぼく》に啗《くら》わしめて、玄機の林亭にいることを知った。夫妻は反目した。或る日岳父が壻《むこ》の家に来て李を面責し、李は遂に玄機を逐《お》うことを誓った。

李は林亭に往って、玄機に魚家に帰ることを勧めた。しかし魚は聴かなかった。縦令《たとい》二親《ふたおや》は寛仮《かんか》するにしても、女伴《*じょはん》の侮《あなどり》を受けるに堪えないというのである。そこで李は兼て交《まじわ》っていた道士趙《ちょう》錬師を請待《しょうだい》して、玄機の身の上を託した。玄機が咸宜《かんぎ》観《かん》に入って女道士《じょどうし》になったのは、こうした因縁である。

玄機は才智に長《た》けた女であった。その詩には人に優《すぐ》れた剪裁《せんさい》の工《たくみ》があった。温を師として詩を学ぶことになってからは、一面には典籍の渉猟《しょうりょう》に努力し、一面には字句の錘錬《ついれん》に苦心して、殆《ほとんど》寝食を忘れるほどであった。それと同時に詩名を求める念が漸《ようや》く増長した。

李に聘《へい》せられる前の事である。或る日玄機は崇真観《しゅうしんかん》に往って、南楼に状元《じょうげん》以下の進士らが名を題したのを見て、慨然として詩を賦した。

遊崇真観南楼　　崇真観の南楼に遊び、
覩新及第題名処　　新及第《しんきゅうだい》の名を題する処《ところ》を覩《み》る
雲峯満目放春晴　　雲峯満目《うんぼうまんもく》　春晴《しゅんせい》を放つ、
歴歴銀鈎指下生　　歴歴たる銀鈎《ぎんこう》　指下《しか》に生ず。
自恨羅衣掩詩句　　自《みずか》ら恨む　*羅衣《らい》の詩句を掩《おお》ふを、
挙頭空羨榜中名　　頭《こうべ》を挙げて　空《むな》しく羨《うらや》む榜中《ぼうちゅう》の名。

玄機が女子の形骸《けいがい》を以て、男子の心情を有していたことは、この詩を見ても推知することが出来る。しかしその形骸が女子であるから、*吉士《きっし》を懐《おも》うの情がないことはない。ただそれは蔓草《つるくさ》が木の幹に纏《まと》い附こうとするような心であって、*房帷《ぼうい》の欲ではない。玄機は彼があったから、李の聘に応じたのである。此《これ》がなかったから、林亭の夜は索莫《さくばく》であったのである。

既にして玄機は咸宜《かんぎ》観《かん》に入った。李が別《わかれ》に臨《のぞ》んで、衣食に窮せぬだけの財を餽《おく》ったので、玄機は安んじて観内で暮らすことが出来た。趙《ちょう》が道書《どうしょ》を授けると、玄機は喜んでこれを読んだ。この女のためには経《けい》を講じ史を読むのは、家常《かじよう》の茶飯《ちやはん》であるから、道家の言がかえってその新を趁《お》い奇を求める心を悦ばしめたのである。

当時道家には中気真術《ちゆうきしんじゆつ》というものを行う習《ならい》があった。毎月朔望《さくぼう》の二度、予《あらかじ》め三日の斎《ものいみ》をして、いわゆる四《し》目《もく》四《し》鼻《び》孔《こう》云々《うんぬん》の法を修するのである。玄機は逭《のが》るべからざる規律の下にこれを修すること一年余にして忽然悟入《こつぜんごにゆう》する所があった。玄機は真に女子になって、李の林亭にいた日に知らなかった事を知った。これが咸通《かんつう》二年の春の事である。

玄機は共に修行する女道士中のやや文字《もんじ》ある一人《いちにん》と親しくなって、これと寝食を同じゆうし、これに心胸《しんきよう》を披瀝《ひれき》した。この女は名を采蘋《さいひん》といった。或る日玄機が采蘋に書いて遣《や》った詩がある。

贈隣女　　　　隣の女に贈る

羞日遮羅袖　　日を羞《は》ぢて　羅袖《らしゆう》を遮《さえぎ》り、
愁春懶起粧　　春を愁《うれ》ひて　起粧《きしよう》に懶《ものう》し。
易求無価宝　　無価《むか》の宝を　求むることは易《やす》きも、
難得有心郎　　有心《ゆうしん》の郎を　得ることは難《かた》し。

枕上潜垂涙　　枕上　潜《ひそか》に　涙を垂れ、
花間暗断腸　　花間　暗《あん》に　腸《はらわた》を断つ。
自能窺宋玉　　自《みずか》ら能《よ》く　*宋玉《そうぎょく》を窺《うかが》ふ、
何必恨王昌　　何ぞ必ずしも　*王昌《おうしょう》を恨まん。

采蘋《さいひん》は体が小くて軽率《けいそつ》であった。それに年が十六で、もう十九になっている玄機よりは少《わか》いので、始終沈重《ちんちょう》な魚機に制馭《せいぎょ》せられていた。そして二人で争うと、いつも采蘋が負けて泣いた。そういう事は日ごとにあった。しかし二人は直《ただち》にまた和睦する。女道士仲間では、こういう風に親しくするのを対食《たいしょく》と名づけて、傍《かたわら》から揶揄《やゆ》する。それには羨《せん》と妬《と》とも交《まじ》っているのである。

秋になって采蘋は 忽《たちまち》失踪《しっそう》した。それは趙の所で塑《そ》像《ぞう》を造っていた旅の工人が、暇《いとま》を告げて去ったのと同時であった。前に対食を嘲《あざけ》った女らが、趙に玄機の寂しがっていることを話すと、趙は笑って「蘋也飄蕩、蕙也幽独」〔蘋《ひん》や飄蕩《ひょうとう》し、蕙《けい》や幽独《ゆうどく》す〕といった。玄機は字《あざな》を幼微《ようび》といい、また蕙蘭《けいらん》ともいったからである。

趙は修法の時に規律を以て束縛するばかりで、楼観の出入《しゅつにゅう》などを厳《げん》にすることはなか

った。玄機の所へは、詩名が次第に高くなったために、書を索《もと》めに来る人が多かった。そういう人は玄機に金を遣《や》ることもある。物を遣《や》ることもある。中には玄機の美しいことを聞いて、名を索書《さくしょ》に藉《か》りて訪《と》うものもある。或る士人《しじん》は酒を携えて来て玄機に飲ませようとすると、玄機は僮僕を呼んで、その人を門外に逐《お》い出させたそうである。

然るに采蘋《さいひん》が失踪した後、玄機の態度は一変して、やや文字《もんじ》を識る士人が来て詩を乞い書を求めると、それを留《とど》めて茶を供し、*笑語晷《しょうごひかげ》を移すことがある。一たび歓待《かんたい》せられたものは、友を誘《いざな》って再び来る。玄機が客を好むという風聞は、幾《いくばく》もなくして長安人士の間に伝わった。もう酒を載せて尋ねても、逐《お》われる虞《おそれ》はなくなったのである。

これに反して徒《いたずら》に美人の名に誘われて、目に丁字《ていじ》なしという輩《やから》が来ると、玄機は毫《ごう》も仮借《かしゃく》せずに、これに侮辱を加えて逐い出してしまう。熟客《じゅつかく》と共に来た無学の貴介《きかい》子弟などは、幸にして謾罵《まんば》を免れることが出来ても、坐客《ざかく》があるいは句を聯《つら》ねあるいは曲を度する間にあって、自《みずか》ら視て欠然《けつぜん》たる処から、独《ひと》り窃《ひそか》に席を逃《のが》れて帰るのである。

客と共に*謔浪《ぎゃくろう》した玄機は、客の散じた後に、快々《おうおう》として楽《たのし》まない。夜が更《ふ》けても眠らずに、目に涙を湛《たた》えている。そういう夜《よ》旅中の温に寄せる詩を作ったことがある。

寄飛卿　　飛卿《ひけい》に寄す

堦砌乱蛩鳴　　堦砌《かいぜい》に 乱蛩《らんきょう》鳴き、
庭柯烟露清　　庭柯《ていか》に 烟露《えんろ》清し。
月中隣楽響　　月中に 隣楽《りんがく》響き、
楼上遠山明　　楼上に 遠山 明かなり。
珍簟涼風到　　珍簟《ちんてん》に 涼風 到り、
瑶琴寄恨生　　瑶琴《ようきん》に 寄恨《きこん》生ず。
嵆君懶書札　　嵆君《けいくん》 書札に懶《ものう》し、
底物慰秋情　　底物《なにもの》か 秋情《しゅうじょう》を慰めん。

玄機は詩筒を発した後、日夜温の書の来るのを待った。さて日を経て温の書が来ると、玄機は失望したように見えた。これは温の書の罪ではない。玄機は求むる所のものがあって、自らその何物なるかを知らぬのである。

或る夜玄機は例の如く、灯《ともしび》の下《もと》に眉を蹙《ひそ》めて沈思していたが、漸《ようや》く不安になって席を起ち、あちこち室内を歩いて、机の上の物を取っては、また直《すぐ》に放下《ほうか》しなどしていた。やや久しゅうして後、玄機は紙を展《の》べて詩を書いた。それは楽人陳某《がくじんちんぼう》に寄せる詩であった。陳某は十日ばかり前に、二、三人の貴公子と共にただ一度玄機の所に来たのである。体格が雄偉《ゆうい》で、面貌《めんぼう》の柔和な少年で、多く語らずに、始終微笑を帯びて玄機の挙止を凝視していた。年は玄機より少《わか》いのである。

感懐寄人
恨寄朱弦上
含情意不任
早知雲雨会
未起蕙蘭心
灼々桃兼李
無妨国士尋
蒼々松与桂
仍羨世人欽
月色庭階浄
歌声竹院深
門前紅葉地

感懐、人に寄す
恨《うらみ》は寄す　朱弦《しゆげん》の上、
情を含むも　意　任《た》へず。
早《つと》に雲雨の会を知るも、
未だ蕙蘭《けいらん》の心を起さず。
灼々《しやくしやく》たり　桃と李《すもも》と、
国士の尋ぬるに　妨ぐる無し。
蒼々《そうそう》たり　松と桂《かつら》と、
仍《な》ほ　世人の欽《きん》するを羨《うらや》む。
月色　庭階《ていかい》に浄《きよ》く、
歌声　竹院《ちくいん》に深し。
門前　紅葉の地、

不掃待知音　掃かずして　知音《ちいん》を待つ。

陳は翌日詩を得て、直《ただち》に咸宜観《かんぎかん》に来た。玄機は人を屏《しりぞ》けて引見し、僮僕に客を謝することを命じた。玄機の書斎からはただ微《かす》かに低語の声が聞えるのみであった。初夜*を過ぎて陳は辞し去った。これからは陳は姓名を通ぜずに玄機の書斎に入ることになり、玄機は陳を迎える度《たび》に客を謝することになった。

陳の玄機を訪《と》うことが頻《しきり》なので、客は多く卻《しりぞ》けられるようになった。書を索《もと》めるものは、ただ金を贈って書を得るだけで、満足しなくてはならぬことになったのである。

一月《げつ》ばかり後に、玄機は僮僕に暇《いとま》を遣《や》って、老婢《ろうひ》一人を使うことにした。この醜悪な、いつも不機嫌な媼《おうな》は殆《ほとんど》人に物を言うこともないので、観内の状況は世間に知られることが少く、玄機と陳とは余り人に煩聒《はんかつ》せられずにいることが出来た。

陳は時々旅行することがある。玄機はそういう時にも客を迎えずに、籠居《ろうきょ》して多く詩を作り、それを温に送って政《せい》*を乞《こ》うた。温はこの詩を受けて読むごとに、語中に閨人《けいじん》の柔情《じゅうじょう》が漸《ようや》く多く、道家の逸思《いつし》が殆《ほとんど》ないのを見て、訝《いぶか》しげに首を傾けた。玄機が李の妾《しょう》になって、幾《いくばく》もなく李と別れ、咸宜観に入《い》って女道士になった顚末は、悉《ことごと》く李の口から温の耳に入《い》っていたのである。

七年ほどの月日が無事に立った。その時夢にも想わぬ災害が玄機の身の上に起って来た。

咸通《かんつう》八年の暮に、陳が旅行をした。玄機は跡《あと》に残って寂しく時を送った。その頃温に寄せた詩の中に、「満庭木葉愁風起、透幌紗窓惜月沈」（庭に満つ木葉　風の起るを愁ひ、幌《ほろ》を透《すか》す紗窓《さそう》　月の沈むを惜《お》しむ）という、例にない悽惨《せいさん》な句がある。

九年の初春に、まだ陳が帰らぬうちに、老婢《ろうひ》が死んだ。親戚の恃《たの》むべきものもない媼《おうな》は、兼て棺材《かんざい》まで準備していたので、玄機は送葬の事を計らって遣った。その跡へ緑《りょく》翹《ぎょう》という十八歳の婢《ひ》が来た。顔は美しくはないが、聡慧《そうけい》で媚態《びたい》があった。

陳が長安に帰って咸宜観に来たのは、艶陽《えんよう》三月の天であった。玄機がこれを迎える情は、渇《かつ》した人が泉に臨むようであった。暫らくは陳が殆《ほとんど》*虚日《きよじつ》のないように来た。その間に玄機は、度々《たびたび》陳が緑翹を揶揄《やゆ》するのを見た。しかし玄機は初め意に介せなかった。なぜというに、玄機の目中《もくちゅう》には女子としての緑翹はないといって好《よ》い位であったからである。

玄機は今年二十六歳になっている。眉目端正《びもくたんせい》な顔が、迫《せま》り視るべからざるほどの気高い美しさを具《そな》えて、新に浴を出た時には、琥珀色《こはくいろ》の光を放っている。豊かな肌は瑕《きず》のない玉のようである。緑翹《りょくぎょう》は額《ひたい》の低い、頤《おとがい》の短い猧子《*かし》に似た顔で、手足は粗大である。領《えり》や肘《ひじ》はいつも垢膩《こうじ》に汚《けが》れている。玄機に緑翹を忌《い》む心のなかったのは無理もない。

そのうち三人の関係が少しく紛糾して来た。これまでは玄機の挙措《きょそ》が意に満たぬ時、陳は寡言《かげん》になったり、または全く口を噤《つぐ》んでいたりしたのに、今は陳がそういう時、多く緑翹と語った。その上そういう時の陳の詞《ことば》は極て温和である。玄機はそれを聞く度に胸を刺されるように感じた。

或る日玄機は女道士仲間に招かれて、その楼観に往った。書斎を出る時、緑翹にその観の名を教えておいたのである。さて夕方になって帰ると、緑翹が門に出迎えていった。

「お留守に陳さんがお出《いで》なさいました。お出になった先を申しましたら、そうかといってお帰なさいました」といった。

玄機は色を変じた。これまで留守の間《ま》に陳の来たことは度々あるが、いつも陳は書斎に入《い》って待っていた。それに今日はほど近い所にいるのを知っていて、待たずに帰ったという。玄機は陳と緑翹との間に何らかの秘密があるらしく感じたのである。

玄機は黙って書斎に入って、暫く坐して沈思していた。猜疑《さいぎ》は次第に深くなり、忿恨《ふんこん》は次第に盛んになった。門《かど》に迎えた緑翹の顔に、常にない侮蔑の色が見えたようにも思われて来る。温言《おんげん》を以て緑翹を賺《すか》す陳の声が歴々として耳に響くようにも思われて来る。

そこへ緑翹が灯《ともしび》に火を点じて持って来た。何気なく見える女の顔を、玄機は甚だしく陰険なように看取した。玄機は突然起《た》って扉《とびら》に鎖《じょう》を下《おろ》した。そして震《ふる》う声で詰問しはじめた。女はただ「存じません、存じません」といった。玄機にはそれが甚だしく狡獪《こうかい》なように感ぜられた。玄機は床《ゆか》の上に跪《ひざまず》いている女を押し倒した。女は慴《おそ》れて目を睜《みは》っている。「なぜ白状しないか」と叫んで玄機は女の吭《のど》を扼《やく》した。女はただ手足をもがいている。玄機が手を放して見ると、女は死んでいた。

玄機の緑翹《りょくぎょう》を殺したことは、やや久しく発覚せずにいた。殺した翌日陳の来た時には、玄機は陳が緑翹の事を問うだろうと予期していた。しかし陳は問わなかった。玄機がとうとう「あの緑翹がゆうべからいなくなりましたが」といって陳の顔色を覗《うかが》うと、陳は「そうかい」といっただけで、別に意に介せぬらしく見えた。玄機は前夜のうちに観の背後《うしろ》に土を取った穴のある処へ、緑翹の屍《かばね》を抱いて往って、穴の中へ推《お》し墜《おと》して、上か

ら土を掛けておいたのである。

玄機は「生ける秘密」のために、数年前《ぜん》から客を謝していた。然るに今は「死せる秘密」のために懼《おそれ》を懐《いだ》いて、もし客を謝したら、緑翹の踪跡《そうせき》を尋ねるものが、観内に目を著《つ》けはすまいかと思った。そこで切に会見を求めるものがあると、強《し》いて拒まぬことにした。

初夏の頃に、或る日二、三人の客があった。その中の一人が涼を求めて観の背後《うしろ》に出ると、土を取った跡《あと》らしい穴の底に新しい土が塡《う》まっていて、その上に緑色に光る蠅が群がり集まっていた。その人はただなんとなく訝《いぶか》しく思って、深い思慮をも費《ついや》さずに、これを自己の従者に語った。従者はまたこれを兄に語った。兄は府の衙卒《がそつ》を勤めているものである。この卒は数年前に、陳が払暁《ふつぎょう》に咸宜観から出るのを認めたことがある。そこで奇貨措《お》くべしとなして、玄機を脅《おびやか》して金を獲ようとしたが、玄機は笑って顧みなかった。卒はそれから玄機を怨んでいた。今弟の語《ことば》を聞いて、小婢《しょうひ》の失踪したのと、土穴《どけつ》に腥羶《せいせん》の気があるのとの間に、何らかの関係があるように思った。そして同班の卒《そつ》数人とともに、鍤《すき》を持って咸宜観に突入して、穴の底を掘った。緑翹の屍《かばね》は一尺に足らぬ土の下に埋まっていたのである。

＊京兆《けいちょう》の尹《いん》温璋《おんしょう》は衙卒の訴《うったえ》に本《もと》づいて魚玄機を逮捕させた。玄機は毫《ごう》も弁疏《べんそ》することなくして罪に服した。楽人陳某《がくじんちんぼう》は鞫問《きくもん》を受けたが、情《じょう》を知らざるものとして釈《ゆる》された。

李億《りおく》を始として、かつて玄機を識《し》っていた朝野の人士は、皆その才を惜んで救おうとした。ただ温岐《おんき》一人《いちにん》は方城《ほうじょう》の吏《り》になって、遠く京師《けいし》を離れていたので、玄機がために力を致すことが出来なかった。

京兆《けいちょう》の尹《いん》は、事が余りにあらわになったので、法を枉《ま》げることが出来なくなった。立秋の頃に至って、遂に懿宗《いそう》に上奏して、玄機を斬《ざん》に処した。

玄機の刑せられたのを哀《あわれ》むものは多かったが、最も深く心を傷《いた》めたものは、方城にいる温岐《おんき》であった。

玄機が刑せられる二年前に、温は流離して揚州《ようしゅう》に往っていた。揚州は大中十三年に宰相を罷《や》めた令狐綯《れいことう》が刺史になっている地である。温は綯が自己を知っていながら用いなかったのを怨《うら》んで名刺をも出さずにいるうちに、或る夜妓院《ぎいん》に酔って＊虞候《ぐこう》に撃たれ、面《おもて》に創《きず》を負《お》い前歯を折られたので、怒ってこれを訴えた。綯が温と虞候とを対決させると、虞候は盛んに温の汚行《おこう》を陳述して、自己は無罪と判決せられた。事は京師《けいし》に聞えた。温は自ら長安に入って、要路に上書《じょうしょ》して分疏《ぶんそ》した。この時徐商《じょしょう》と楊収《ようしゅう》とが宰相に列していて、徐は温を庇護したが楊が聴かずに、温を方城に遣《や》って吏務《りむ》に服せしめたのである。その制辞《せいじ》は「孔門以徳行為先、文章為末、爾既徳行無取、文章何以称焉、徒負不羈之才、罕有適時之用」〔孔門《こうもん》は徳行を以て先《せん》と為し、文章は末《すえ》と為す。爾《なんじ》既に徳行の取る無し、文章の何を以てか称せん。徒《いたず》らに不羈《ふき》の才を負《たの》みて、適時の用有ること罕《まれ》なり〕というのであった。温は後に隋県《ずいけん》に遷《うつ》されて死んだ。子の憲《けん》も弟の庭皓《ていこう》も、咸通中に官に擢《ぬきん》でられたが、庭皓は龐勛《ほうくん》の乱に、徐州《じょしゅう》で殺された。玄機が斬られてから三月《みつき》の後《のち》の事である。

参照

其一　魚玄機

三水小牘　南部新書

太平広記　北夢瑣言

続談助　唐才子伝

唐詩紀事　　全唐詩（姓名下小伝）
全唐詩話　　唐女郎魚玄機詩

其二　温飛卿

旧唐書　　漁隠叢話
新唐書　　北夢瑣言
全唐詩話　　桐薪
唐詩紀事　　玉泉子
六一詩話　　南部新書
滄浪詩話　　握蘭集
彦周詩話　　金荃集
三山老人語録　　漢南真稿
雪浪斎日記　　温飛卿詩集

じいさんばあさん

文化六年の春が暮れて行く頃であった。*麻布竜土町《あざぶりゅうどちょう》の、今歩兵《ほへい》第三聯隊《れんたい》の兵営になっている地所の南隣で、*三河国奥殿《みかわのくにおくとの》の領主松平左七郎乗羨《まつだいらさしちろうのりのぶ》という大名の邸《やしき》の中《うち》に、大工が這入《はい》って小さい明家《あきや》を修復している。近所のものが誰の住まいになるのだといって聞けば、松平の家中《かちゅう》の士《さむらい》で、宮重久右衛門《みやしげきゅうえもん》という人が隠居所を拵《こしら》えるのだということである。なるほど宮重の家の離座敷《はなれざしき》といっても好《い》いような明家《あきや》で、ただ台所だけが、小さいながらに、別に出来ていたのである。近所のものが、そんなら久右衛門さんが隠居しなさるのだろうかといって聞けば、そうではないそうである。田舎《いなか》にいた久右衛門さんの兄《あに》きが出て来て這入るのだということである。

四月五日に、まだ壁が乾き切らぬというのに、果して見知らぬ爺《じ》いさんが小さい荷物を持って、宮重方に著《つ》いて、すぐに隠居所に這入った。久右衛門は胡麻塩頭《ごましおあたま》をしているのに、この爺いさんは髪が真白である。それでも腰などは少しも曲がっていない。結構な拵《こしらえ》の両刀を挿《さ》した姿がなかなか立派である。どう見ても田舎者らしくはない。

爺いさんが隠居所に這入ってから二、三日立つと、そこへ婆《ば》あさんが一人来て同居した。それも真白な髪を小さい丸髷《まるまげ》に結《い》っていて、爺いさんに負けぬように品格が好い。それまでは久右衛門方の勝手から膳《ぜん》を運んでいたのに、婆あさんが来て、爺いさんと自分との食べる物を、子供がまま事をするような工合《ぐあい》に拵《こしら》えることになった。

この翁媼《おうおん》二人の中《なか》の好《い》いことは無類である。近所のものは、もしあれが若い男女であったら、どうも平気で見ていることが出来まいなどといった。中には、あれは夫婦ではあるまい、兄妹《きょうだい》だろうというものもあった。その理由とする所を聞けば、あの二人は隔てのない中《うち》に礼儀があって、夫婦にしては、少し遠慮をし過ぎているようだというのであった。

二人は富裕とは見えない。しかし不自由はせぬらしく、また久右衛門に累《るい》を及ぼすような事もないらしい。殊《こと》に婆あさんの方は、跡《あと》から大分荷物が来て、衣類なんぞは立派な物を持っているようである。荷物が来てから間もなく、誰が言い出したか、あの婆あさんは御殿女中をしたものだという噂《うわさ》が、近所に広まった。

二人の生活はいかにも隠居らしい、気楽な生活である。爺いさんは眼鏡《めがね》を掛けて本を読む。細字《さいじ》で日記を附ける。毎日同じ時刻に刀剣に打粉《うちこ》を打って拭《ふ》く。体《たい》を極《き》めて木刀を揮《ふ》る。婆あさんは例のまま事の真似をして、その隙《すき》には爺いさんの傍《そば》に来て団扇《うちわ》であおぐ。もう時候がそろそろ暑くなる頃だからである。婆あさんが暫《しばら》くあおぐうちに、爺いさんは読みさした本を置いて話をし出す。二人はさも楽しそうに話すのである。

どうかすると二人で朝早くから出掛けることがある。最初に出て行った跡《あと》で、久右衛門の女房が近所のものに話したという詞《ことば》が偶然伝えられた。「あれは菩《ぼ》提所《だいしょ》の松泉寺《しょうせんじ》へ往《ゆ》きなすったのでございます。息子さんが生きていなさると、今年三十九になりなさるのだから、立派な男盛《おとこざかり》というものでございますのに」といったというのである。松泉寺というのは、今の＊青山御所《あおやまごしょ》の向裏《むこううら》に当る、赤坂黒鍬谷《あかさかくろくわだに》の寺である。これを聞いて近所のものは、二人が出歩くのは、最初のその日に限らず、過ぎ去った昔の夢の迹《あと》を辿《たど》るのであろうと察した。

とかくするうちに夏が過ぎ秋が過ぎた。もう物珍らしげに爺いさん婆あさんの噂をするものもなくなった。所が、もう年が押し詰まって十二月二十八日となって、きのうの大雪の跡の道を、江戸城へ往反《おうへん》する、歳暮拝賀《さいぼはいが》の大小名諸役人織《お》るが如《ごと》き最中《さいちゅう》に、宮重の隠居所にいる婆あさんが、今お城から下がったばかりの、邸《やしき》の主人松平左七郎に広間へ呼び出されて、将軍徳川家斉《とくがわいえなり》の命を伝えられた。「永年遠国《えんごく》に罷在候《まかりありそろ》夫の為、貞節を尽候《つくしそろ》趣《おもむき》聞召《きこしめ》され、厚き思召《おぼしめし》を以て褒美《ほうび》として銀十枚下《くだ》し置かる」という口上であった。

今年の暮には、西丸《にしまる》にいた大納言《だいなごん》家慶《いえよし》と有栖川《ありすがわ》職仁《よしひと》親王《しんのう》の女楽宮《じょらくみや》との婚儀などがあったので、頂戴物《ちょうだいもの》をする人数《にんず》が例年よりも多かったが、宮重の隠居所の婆あさんに銀十枚を下さったのだけは、*異数《いすう》として世間に評判せられた。

これがために宮重の隠居所の翁媼二人は、一時江戸に名高くなった。爺いさんは元*大《おお》番《ばん》石川阿波守《あわのかみ》総恒《ふさつね》組《くみ》美濃部《みのべ》伊織《いおり》といって、宮重久右衛門の実兄である。婆あさんは伊織の妻るんといって、*外桜田《そとさくらだ》の黒田家の奥に仕えて表使格《おもてづかいかく》になっていた女中である。るんが褒美を貰《もら》った時、夫《おっと》伊織は七十二歳、るん自身は七十一歳であった。

明和三年に大番頭《おおばんがしら》になった石川阿波守総恒の組に、美濃部伊織という士《さむらい》があった。剣術は儕輩《せいはい》を抜いていて、手跡《しゅせき》も好《よ》く和歌の嗜《たしなみ》もあった。石川の邸《やしき》は水道橋外《すいどうばしそと》で、今白山《はくさん》から来る電車が、お茶の水を降りて来る電車と行き逢う辺《あたり》の角屋敷《かどやしき》になっていた。しかし伊織は番町《ばんちょう》に住んでいたので、上役《うわやく》とは詰所《つめしょ》で落ち合うのみであった。

石川が大番頭になった年の翌年の春、伊織の叔母婿《おばむこ》で、やはり大番を勤めている山中《やまなか》藤右衛門《とうえもん》というのが、丁度三十歳になる伊織に妻を世話をした。それは山中の妻の親戚に、戸田《とだ》淡路守氏之《あわじのかみうじゆき》の家来有竹某《ありたけぼう》というものがあって、その有竹のよめの姉を世話をしたのである。

なぜ妹が先によめに往って、姉が残っていたかというと、それは姉が邸奉公《やしきぼうこう》をしていたからである。素《もと》二人の女は＊安房国朝夷郡真門村《あわのくにあさいこおりまかどむら》で由緒のある内木《うちき》四郎《しろ》右衛門《えもん》というものの娘で、姉のるんは宝暦《ほうれき》二年十四歳で、市《いち》ヶ谷《や》門外《もんがい》の尾張中納言宗勝《おわりちゅうなごんむねかつ》の奥の軽い召使になった。それから宝暦十一年尾州家《びしゅうけ》では代替《だいかわり》があって、宗睦《むねちか》の世になったが、るんは続いて奉公していて、とうとう明和三年まで十四年間勤めた。その留守に妹は戸田の家来有竹《ありたけ》の息子の妻になって、外桜田の邸へ来たのである。

尾州家から下がったるんは二十九歳で、二十四歳になる妹の所へ手助《てだすけ》に入《い》り込んで、なるべくお旗本の中《うち》で相応な家へよめに往きたいといっていた。それを山中が聞いて、伊織に世話をしようというと、有竹では喜んで親元になって嫁入《よめいり》をさせることにした。そこで房州うまれの内木《うちき》氏《うじ》のるんは有竹氏を冒《おか》して、外桜田の戸田邸から番町の美濃部《みのべ》方《かた》へよめに来たのである。

るんは美人という性《たち》の女ではない。もし床の間の置物のような物を美人としたら、るんは調法に出来た器具のような物であろう。体格が好く、押出しが立派で、それで目から鼻へ抜けるように賢く、いつでもぼんやりして手を明《あ》けて居るということがない。顔も顴骨《かんこつ》がやや出張《でば》っているのが疵《きず》であるが、眉《まゆ》や目の間に才気が溢《あふ》れて見える。伊織は武芸が出来、学問の嗜《たしなみ》もあって、色の白い美男である。ただこの人には肝癪持《かんしゃくもち》という病《やまい》があるだけである。さて二人が夫婦になったところが、るんはひどく夫を好いて、手に据《す》えるように大切にし、七十八歳になる夫の祖母にも、血を分けたものも及ばぬほどやさしくするので、伊織は好《い》い女房を持ったと思って満足した。それで不断《ふだん》の肝癪は全く迹《あと》を斂《おさ》めて、何事をも勘弁《かんべん》するようになっていた。

翌年は明和五年で伊織の弟宮重《みやしげ》はまだ七五郎といっていたが、主家《しゅうけ》のその時の当主松平石見守乗穏《だいらいわみのかみのりやす》が大番頭《おおばんがしら》になったので、自分も同時に大番組《おおばんぐみ》に入《い》った。これで伊織、七五郎の兄弟は同じ勤をすることになったのである。

この大番という役には、京都二条の城と大坂の城とに交代して詰めることがある。伊織が妻を娶《めと》ってから四年立って、明和八年に松平石見守が二条在番の事になった。そこで宮重七五郎が上京しなくてはならぬのに病気であった。当時は代人差立《だいにんさしたて》ということが出来たので、伊織が七五郎の代人として石見守に附いて上京することになった。伊織は、丁度妊娠して臨月になっているるんを江戸に残して、明和八年四月に京都へ立った。

伊織は京都でその年の夏を無事に勤めたが、秋風の立ち初《そ》める頃、或る日寺町通《てらまちどおり》の刀剣商の店で、質流れだという好《い》い古刀《ことう》を見出《みだ》した。兼て好い刀が一腰《ひとこし》欲しいと心掛けていたので、それを買いたく思ったが、代金百五十両というのが、伊織の身に取っては容易ならぬ大金であった。

伊織は万一の時の用心に、いつも百両の金を胴巻《どうまき》に入れて体《からだ》に附けていた。それを出すのは惜しくはない。しかし跡《あと》五十両の才覚が出来ない。そこで百五十両は高くはないと思いながら、商人にいろいろ説いて、とうとう百三十両までに負けてもらうことにして、買い取る約束をした。三十両は借財をする積《つもり》なのである。

伊織が金を借りた人は相番《あいばん》の下島甚右衛門《しもじまじんえもん》というものである。平生親しくはせぬが、工面《くめん》の好いということを聞いていた。そこでこの下島に三十両借りて刀を手に入れ、拵《こしら》えを直しに遣《や》った。

そのうち刀が出来て来たので、伊織はひどく嬉しく思って、あたかも好し八月十五夜に、親しい友達柳原小兵衛《やなぎはらこへえ》ら二、三人を招いて、刀の披露かたがた馳走をした。友達は皆刀を褒《ほ》めた。酒酣《たけなわ》になった頃、ふと下島がその席へ来合せた。めったに来ぬ人なので、伊織は金の催促に来たのではないかと、まず不快に思った。しかし金を借りた義理があるので、杯《さかずき》をさして団欒《まとい》に入れた。

暫《しばら》く話をしているうちに、下島の詞《ことば》に何となく角《かど》があるのに、一同気が附いた。下島は金の催促に来たのではないが、自分の用立てた金で買った刀の披露をするのに自分を招かぬのを不平に思って、わざと酒宴の最中に尋ねて来たのである。

下島は二言《ふたこと》三言《みこと》伊織と言い合っているうちに、とうとうこういう事を言った。「刀は御奉公のために大切な品だから、随分借財をして買っても好かろう。しかしそれに結構な拵《こしらえ》をするのは贅沢《ぜいたく》だ。その上借財のある身分で刀の披露をしたり、月見をしたりするのは不心得だ」といった。

この詞の意味よりも、下島の冷笑を帯びた語気が、いかにも聞き苦しかったので、俯《うつ》向《む》いて聞いていた伊織は勿論《もちろん》、一座の友達が皆不快に思った。

伊織は顔を挙げていった。「只今のお詞《ことば》は確に承った。その御返事はいずれ恩借《おんしゃく》の金《きん》子《す》を持参した上で、改て申上げる。親しい間柄といいながら、今晩わざわざ請待《しょうたい》した客の手前がある。どうぞこの席はこれでお立下されい」といった。

下島は面色《かおいろ》が変った。「そうか。返れというなら返る。」こう言い放って立ちしなに、下島は自分の前に据えてあった膳を蹴返《けかえ》した。

「これは」といって、伊織は傍《はた》にあった刀を取って立った。伊織の面色はこの時変っていた。

伊織と下島とが向き合って立って、二人が目と目を見合せた時、下島が一言「たわけ」と叫んだ。その声と共に、伊織の手に白刃《しらは》が閃《ひらめ》いて、下島は額を一刀切られた。

下島は切られながら刀を抜いたが、伊織に刃向うかと思うと、そうでなく、白刃を提《ひっさ》げたまま、身を翻《ひるがえ》して玄関へ逃げた。

伊織が続いて出ると、脇差《わきざし》を抜いた下島の仲間《ちゅうげん》が立ち塞《ふさ》がった。「退《の》け」と叫んだ伊織の横に払った刀に仲間は腕を切られて後《うしろ》へ引いた。

その隙《ひま》に下島との間に距離が生じたので、伊織が一飛《ひととび》に追い縋《すが》ろうとした時、跡から附いて来た柳原小兵衛が、「逃げるなら逃がせい」といいつつ、背後《うしろ》からしっかり抱き締めた。相手が死なずに済んだなら、伊織の罪が軽減せられるだろうと思ったからである。

伊織は刀を柳原にわたして、しおしおと座に返った。そして黙って俯向《うつむ》いた。

柳原は伊織の向いにすわっていった。「今晩の事は己《おれ》を始、一同が見ていた。いかにも勘弁出来ぬといえばそれまでだ。しかし先へ刀を抜いた所存《しょぞん》を、一応聞いておきたい」といった。

伊織は目に涙を浮べて暫く答えずにいたが、口を開いて一首の歌を誦《じゅ》した。

「いまさらに何とか云はむ黒髪の
　みだれ心はもとすゑもなし」

下島は額《ひたい》の創《きず》が存外重くて、二、三日立って死んだ。伊織は江戸へ護送せられて取調を受けた。判決は「心得違《こころえちがえ》の廉《かど》を以て、知行召放《ちぎょうめしはな》され、有馬左兵衛佐允純《ありまさひょうえのすけまさずみ》へ永《なが》の御預《おあずけ》仰付《おおせつけ》らる」ということであった。伊織が*幸橋外《さいわいばしそと》の有馬邸から、*越前国丸岡《えちぜんのくにまるおか》へ遣《や》られたのは、安永と改元せられた翌年の八月である。

跡《あと》に残った美濃部家の家族は、それぞれ親類が引き取った。伊織の祖母貞松院《ていしょういん》は宮重七五郎方に往き、父の顔を見ることの出来なかった嫡子平内《ちゃくしへいない》と、妻るんとは有竹《ありたけ》の分家になっている笠原新八郎《かさはらしんぱちろう》方に往った。

二年ほど立って、貞松院が寂しがってよめの所へ一しょになったが、間もなく八十三歳で、病気というほどの容体《ようだい》もなく死んだ。安永三年八月二十九日の事である。

翌年また五歳になる平内が流行の疱瘡《ほうそう》で死んだ。これは安永四年三月二十八日の事である。

るんは祖母をも息子をも、力の限介《かぎり》抱して臨終を見届け、松泉寺に葬った。そこでるんは一生武家奉公をしようと思い立って、世話になっている笠原を始、親類に奉公先を捜すことを頼んだ。

暫く立つと、有竹氏の主家《しゅうけ》戸田淡路守氏養《あわじのかみうじやす》の隣邸《りんてい》、筑前国福岡《ちくぜんのくにふくおか》の領主黒田家の当主松平筑前守治之《まつだいらちくぜんのかみはるゆき》の奥で、物馴《ものな》れた女中を欲しがっているという噂が聞えた。笠原は人を頼んで、そこへるんを目見《めみ》えに遣《や》った。氏養というのは、六年前に氏之《うじゆき》の跡を続《つ》いだ戸田家の当主である。

黒田家ではるんを一目見て、すぐに雇い入れた。これが安永六年の春であった。るんはこれから文化五年七月まで、三十一年間黒田家に勤めていて、治之《はるゆき》、治高《はるたか》、斉隆《なりたか》、斉清《なりきよ》の四代の奥方に仕え、表使格《おもてづかいかく》に進められ、隠居して終身二人扶持《ふち》を貰うことになった。この間《あいだ》るんは給料の中から松泉寺へ金を納めて、美濃部家の墓に香華《こうげ》を絶やさなかった。

隠居を許された時、るんは一旦笠原方《いったんかさはらかた》へ引き取ったが、間もなく故郷の安房《あわ》へ帰った。当時の朝夷郡真門村《あさいこおりまかどむら》で、今の安房郡江見村《あわごおりえみむら》である。

その翌年の文化六年に、越前国丸岡《えちぜんのくにまるおか》の配所《はいしょ》で、安永元年から三十七年間、人に手跡《しゅせき》や剣術を教えて暮していた夫伊織が、「三月八日浚*明院殿《しゅんめいいんでん》御追善のため、御慈悲の思召《おぼしめし》を以て、永の御預《おあずけ》御免《ごめん》仰出《おおせいだ》されて、」江戸へ帰ることになった。それを聞いたるんは、喜んで安房から江戸へ来て、竜土町の家で、三十七年振《ぶり》に再会したのである。

最後の一句

元文《げんぶん》三年十一月二十三日の事である。大阪で、船乗業《ふなのりぎょう》桂屋太郎兵衛《かつらやたろべえ》というものを、*木津川口《きづがわぐち》で三日間曝《さら》した上、斬罪《ざんざい》に処すると、高札《こうさつ》に書いて立てられた。市中到る処《ところ》太郎兵衛の噂《うわさ》ばかりしている中に、それを最も痛切に感ぜなくてはならぬ太郎兵衛の家族は、南組《みなみぐみ》*堀江橋際《ほりえばしぎわ》の家で、もう丸二年ほど、殆《ほとん》ど全く世間との交通を絶って暮しているのである。

この予期すべき出来事を、桂屋へ知らせに来たのは、程遠からぬ*平野町《ひらのまち》に住んでいる太郎兵衛が女房《にょうぼう》の母であった。この白髪頭《しらがあたま》の媼《おうな》の事を桂屋では平野町のおばあ様といっている。おばあ様とは、桂屋にいる五人の子供がいつも好《い》い物をお土産《みやげ》に持って来てくれる祖母に名づけた名で、それを主人も呼び、女房も呼ぶようになったのである。

おばあ様を慕って、おばあ様にあまえ、おばあ様にねだる孫が、桂屋に五人いる。その四人は、おばあ様が十七になった娘を桂屋へよめによこしてから、今年十六年目になるまでの間に生れたのである。長女いちが十六歳、二女まつが十四歳になる。その次に、太郎兵衛が娘をよめに出す覚悟で、平野町の女房の里方から、赤子のうちに貰《もら》い受けた、長太郎《ちょうたろう》という十二歳の男子がある。その次にまた生れた太郎兵衛の娘は、とくといって八歳になる。最後に太郎兵衛の始て設けた男子の初五郎《はつごろう》がいて、これが六歳になる。

平野町の里方は有福《ゆうふく》なので、おばあ様のお土産はいつも孫たちに満足を与えていた。それが一昨年太郎兵衛の入牢《にゅうろう》してからは、とかく孫たちに失望を起させるようになった。おばあ様が暮し向の用に立つ物を主《おも》に持って来るので、おもちゃやお菓子は少くなったからである。

しかしこれから生《お》い立《た》って行く子供の元気は盛んなもので、ただおばあ様のお土産が乏しくなったばかりでなく、おっ母様《かさま》の不機嫌になったのにも、程なく馴《な》れて、格別萎《しお》れた様子もなく、相変らず小さい争闘と小さい和睦《わぼく》との刻々に交代する、賑《にぎ》やかな生活を続けている。そして「遠い遠い所へ往《い》って帰らぬ」と言い聞された父の代りに、このおばあ様の来るのを歓迎している。

これに反して、厄難《やくなん》に逢ってからこのかた、いつも同じような悔恨と悲痛との外に、何物をも心に受け入れることの出来なくなった太郎兵衛の女房は、手厚くみついでくれ親切に慰めてくれる母に対しても、ろくろく感謝の意をも表することがない。母がいつ来ても、同じような繰言《くりごと》を聞せて帰すのである。

厄難に逢った初には、女房はただ茫然《ぼうぜん》と目を睜《みは》っていて、食事も子供のために、器械的に世話をするだけで、自分は殆《ほとん》ど何も食わずに、頻《しきり》に咽《のど》が乾くといっては、湯を少しずつ呑んでいた。夜は疲れてぐっすり寝たかと思うと、度々《たびたび》目を醒《さ》まして溜息《ためいき》を衝《つ》く。それから起きて、夜なかに裁縫などをすることがある。そんな時は、傍《そば》に母の寝ていぬのに気が附いて、最初に四歳になる初五郎が目を醒ます。次いで六歳になるとくが目を醒ます。女房は子供に呼ばれて床にはいって、子供が安心して寝附くと、また大きく目をあいて溜息を衝《つ》いているのであった。それから二、三日立って、ようよう泊り掛《とまりがけ》に来ている母に繰言を言って泣くことが出来るようになった。それから丸二年ほどの間、女房は器械的に立ち働いては、同じように繰言を言い、同じように泣いているのである。

高札の立った日には、午過《ひるす》ぎに母が来て、女房に太郎兵衛の運命の極《き》まったことを話した。しかし女房は、母の恐れたほど驚きもせず、聞いてしまって、またいつもと同じ繰言を言って泣いた。母は余り手ごたえのないのを物足らなく思う位であった。この時《とき》長女のいちは、襖《ふすま》の蔭《かげ》に立って、おばあ様の話を聞いていた。

桂屋にかぶさって来た厄難というのはこうである。主人太郎兵衛《たろべえ》は船乗とはいっても、

自分が船に乗るのではない。*北国通《ほっこくがよ》いの船を持っていて、それに新七《しんしち》という男を乗せて、運送の業を営んでいる。大阪ではこの太郎兵衛のような男を居船頭《いせんどう》といっていた。居船頭の太郎兵衛が沖船頭《おきせんどう》の新七を使っているのである。

元文元年の秋、新七の船は、出羽国秋田《でわのくにあきた》から米を積んで出帆した。その船が不幸にも航海中に風波の難に逢って、半難船の姿になって、積荷の半分以上を流失した。新七は残った米を売って金にして、大阪へ持って帰った。

さて新七が太郎兵衛に言うには、難船をしたことは港々で知っている。残った積荷を売ったこの金は、もう米主に返すには及ぶまい。これは跡《あと》の船をしたてる費用に当てようじゃないかといった。

太郎兵衛はそれまで正直に営業していたのだが、営業上に大きい損失を見た直後に、現金を目の前に並べられたので、ふと良心の鏡が曇って、その金を受け取ってしまった。

すると、秋田の米主の方では、難船の知らせを得た後に、残り荷のあったことやら、それを買った人のあったことやらを、人伝《ひとづて》に聞いて、わざわざ人を調べに出した。そして新七の手から太郎兵衛に渡った金高までを探り出してしまった。

米主は大阪へ出て訴えた。新七は逃走した。そこで太郎兵衛が入牢してとうとう死罪に行われることになったのである。

平野町のおばあ様が来て、恐ろしい話をするのを姉娘のいちが立聞《たちぎき》をした晩の事である。桂屋の女房はいつも繰言《くりごと》を言って泣いた跡《あと》で出る疲《つかれ》が出て、ぐっすり寐入《ねい》った。女房の両脇《りょうわき》には、初五郎と、とくとが寝ている。初五郎の隣には長太郎が寝ている。とくの隣にまつ、それに並んでいちが寝ている。

暫《しばら》く立って、いちが何やら布団の中で独言《ひとりごと》を言った。「ああ、そうしよう。きっと出来るわ」と、いったようである。

まつがそれを聞き附けた。そして「姉《ね》えさん、まだ寐ないの」といった。

「大きい声をおしでない。わたし好《い》い事を考えたから。」いちはまずこういって妹を制しておいて、それから小声でこういう事をささやいた。お父《と》っさんはあさって殺されるのである。自分はそれを殺させぬようにすることが出来ると思う。どうするかというと、願書《ねがいしょ》というものを書いてお奉行様に出すのである。しかしただ殺さないでおいて下さいといったって、それでは聴かれない。お父っさんを助けて、その代りにわたくしども子供を殺して下さいといって頼むのである。それをお奉行様が聴いて下すって、お父っさんが助かれば、それで好い。子供は本当に皆殺されるやら、わたしが殺されて、小さいものは助かるやら、それはわからない。ただお願《ねがい》をする時、長太郎だけは一しょに殺して下さらないように書いておく。あれはお父っさんの本当の子でないから、死ななくても好い。それにお父っさんがこの家の跡を取らせようといって入《い》らっしゃったのだから、殺されない方が好いのである。いちは妹にそれだけの事を話した。

「でもこわいわねえ」と、まつがいった。

「そんなら、お父っさんが助けてもらいたくないの。」

「それは助けてもらいたいわ。」

「それ御覧。まつさんはただわたしに附いて来て同じようにさえしていれば好いのだよ。わたしが今夜願書を書いておいて、あしたの朝早く持って行きましょうね。」

いちは起きて、手習《てならい》の清書をする半紙に、平仮名で願書を書いた。父の命を助けて、その代りに自分と妹のまつ、とく、弟の初五郎をおしおきにして戴《いただ》きたい、実子《じっし》でない長太郎だけはお許下さるようにというだけの事ではあるが、どう書き綴《つづ》って好いかわからぬので、幾度も書き損って、清書のためにもらってあった白紙《しらかみ》が残少《のこりずくな》になった。しかしとうとう一番鶏《いちばんどり》の啼《な》く頃に願書が出来た。

願書を書いているうちに、まつが寐入ったので、いちは小声で呼び起して、床《とこ》の傍《わき》に畳んであった不断着《ふだんぎ》に著更《きか》えさせた。そして自分も支度をした。

女房と初五郎とは知らずに寐ていたが、長太郎が目を醒まして、「ねえさん、もう夜が明けたの」といった。

いちは長太郎の床の傍へ往ってささやいた。「まだ早いから、お前は寝ておいで。ねえさんたちは、お父っさんの大事な御用で、そっと往って来る所があるのだからね。」

「そんならおいらも往く」といって、長太郎はむっくり起き上がった。

いちはいった。「じゃあ、お起《おき》、著物《きもの》を著せて上げよう。長さんは小さくても男だから、一しょに往ってくれれば、その方《ほう》が好いのよ」といった。

女房は夢のようにあたりの騒がしいのを聞いて、少し不安になって寝がえりをしたが、目は醒めなかった。

三人の子供がそっと家を抜け出したのは、二番鶏の啼く頃であった。戸の外は霜の暁であった。提灯を持って、拍子木《ひょうしぎ》を敲《たた》いて来る夜廻《よまわ》りの爺《じ》いさんに、お奉行様の所へはどう往《い》ったら往《ゆ》かれようと、いちがたずねた。爺いさんは親切な、物分りの好《い》い人で、子供の話を真面目に聞いて、月番の西奉行所のある所を、丁寧《ていねい》に教えてくれた。当時の町奉行は、東が稲垣淡路守種信《いながきあわじのかみたねのぶ》で、西が佐佐又四郎成意《ささまたしろうなりむね》である。そして十一月には西の佐佐が月番に当っていたのである。

爺いさんが教えているうちに、それを聞いていた長太郎が、「そんなら、おいらの知った町だ」といった。そこで姉妹《きょうだい》は長太郎を先に立てて歩き出した。

ようよう西奉行所に辿《たど》り附いて見れば、門がまだ締まっていた。門番所《もんばんしょ》の窓の下に往って、いちが「もしもし」と度々繰り返して呼んだ。

暫くして窓の戸があいて、そこへ四十恰好《がっこう》の男の顔が覗《のぞ》いた。「やかましい。なんだ。」

「お奉行様にお願があってまいりました」と、いちが丁寧に腰を屈《かが》めていった。

「ええ」といったが、男は容易に詞《ことば》の意味を解し兼ねる様子であった。

いちはまた同じ事を言った。

男はようようわかったらしく、「お奉行様には子供が物を申し上げることは出来ない、親が出て来るが好い」といった。

「いいえ、父はあしたおしおきになりますので、それに就《つ》いてお願がございます。」

「なんだ。あしたおしおきになる。それじゃあ、お前は桂屋太郎兵衛《かつらやたろべえ》の子か。」

「はい」といちが答えた。

「ふん」といって、男は少し考えた。そしていった。「怪《け》しからん。子供までが上《かみ》を恐れんと見える。お奉行様はお前たちにお逢《あい》はない。帰れ帰れ。」こういって、窓を締めてしまった。

まつが姉に言った。「ねえさん、あんなに叱《しか》るから帰りましょう。」

いちはいった。「黙ってお出《いで》。叱られたって帰るのじゃありません。ねえさんのする通りにしてお出。」こういって、いちは門の前にしゃがんだ。まつと長太郎とは附いてしゃがんだ。

三人の子供は門のあくのを大ぶ久しく待った。ようよう貫木《かんのき》をはずす音がして、門があいた。あけたのは、先に窓から顔を出した男である。

いちが先に立って門内に進み入ると、まつと長太郎とが背後《うしろ》に続いた。

いちの態度が余り平気なので、門番の男は急に支《ささ》え留《とど》めようともせずにいた。そして暫く三人の子供の玄関の方へ進むのを、目を睜《みは》って見送っていたが、ようよう我に帰って、「これこれ」と声を掛けた。

「はい」といって、いちはおとなしく立ち留《と》まって振り返った。

「どこへ往くのだ。さっき帰れといったじゃないか。」

「そう仰《おっし》ゃいましたが、わたくしどもはお願を聞いて戴くまでは、どうしても帰らないつもりでございます。」

「ふん。しぶとい奴だな。とにかくそんな所へ往ってはいかん。こっちへ来い。」

子供たちは引き返して、門番の詰所《つめしょ》へ来た。それと同時に玄関脇から、「なんだ、なんだ」といって、二、三人の詰衆《つめしゅう》が出て来て、子供たちを取り巻いた。いちは殆《ほとん》どこうなるのを待ち構えていたように、そこに蹲《うずくま》って、懐中から書附を出して、真先にいる与《よ》力《りき》の前に差し附けた。まつと長太郎とも一しょに蹲って礼をした。

書附を前へ出された与力は、それを受け取ったものか、どうしたものかと迷うらしく、黙っていちの顔を見卸《みおろ》していた。

「お願でございます」と、いちがいった。

「こいつらは木津川口《きづがわぐち》で曝《さら》し物《もの》になっている桂屋太郎兵衛の子供でございます。親の命乞《いのちごい》をするのだといっています」と、門番が傍《かたわら》から説明した。

与力は同役の人たちを顧みて、「ではとにかく書附を預かっておいて、伺って見ることにしましょうかな」といった。それには誰も異議がなかった。

与力は願書をいちの手から受け取って、玄関にはいった。

西町奉行《にしまちぶぎょう》の佐佐《ささ》は、両奉行の中の新参《しんざん》で、大阪に来てから、まだ一年立っていない。役向《やくむき》の事は総《すべ》て同役の稲垣《いながき》に相談して、城代《じょうだい》に伺って処置するのであった。それであるから、桂屋太郎兵衛の公事《くじ》に就いて、前役《まえやく》の申継《もうしつぎ》を受けてから、それを重要事件として気に掛けていて、ようよう処刑の手続が済んだのを重荷を卸《おろ》したように思っていた。

そこへ今朝になって、宿直の与力が出て、命乞《いのちごい》の願に出たものがあるといったので、佐佐はまずせっかく運ばせた事に邪魔がはいったように感じた。

「参ったのはどんなものか。」佐佐の声は不機嫌であった。

「太郎兵衛の娘両人と倅《せがれ》とがまいりまして、年上の娘が願書を差上げたいと申しますので、これに預っております。御覧になりましょうか。」

「それは目安箱《めやすばこ》をもお設《もうけ》になっておる御趣意から、次第によっては受け取っても宜しいが、一応はそれぞれ手続のあることを申聞《もうしきか》せんではなるまい。とにかく預かっておるなら、内見《ないけん》しよう。」

与力は願書を佐佐の前に出した。それを披《ひら》いて見て佐佐は不審らしい顔をした。「いちというのがその年上の娘であろうが、何歳になる。」

「取り調べはいたしませんが、十四、五歳位に見受けまする。」

「そうか。」佐佐は暫く書附を見ていた。不束《ふつつか》な仮名文字で書いてはあるが、条理が善く整っていて、大人でもこれだけの短文に、これだけの事柄を書くのは、容易であるまいと思われるほどである。大人が書かせたのではあるまいかという念が、ふと萌《きざ》した。続いて、上《かみ》を偽《いつわ》る*横着物《おうちゃくもの》の所為《しょい》ではないかと思議《しぎ》した。それから一応の処置を考えた。太郎兵衛は明日の夕方まで曝《さら》すことになっている。刑を執行するまでには、まだ時がある。それまでに願書を受理しようとも、すまいとも、同役に相談し、上役に伺うことも出来る。また縦《よ》しやその間に情偽《じょうぎ》があるとしても、相当の手続をさせるうちには、それを探ることも出来よう。とにかく子供を帰そうと、佐佐は考えた。

そこで与力にはこういった。この願書は内見したが、これは奉行に出されぬから、持って帰って町年寄《まちどしより》に出せといえといった。

与力は、門番が帰そうとしたが、どうしても帰らなかったということを、佐佐に言った。佐佐は、そんなら菓子でも遣《や》って、賺《すか》して帰せ、それでも聴かぬなら引き立てて帰せと命じた。

与力の座を起《た》った跡へ、城代《じょうだい》太田備中守資晴《びっちゅうのかみすけはる》が訪ねて来た。正式の見廻りではなく、私《わたくし》の用事があって来たのである。太田の用事が済むと、佐佐は只今かようかようの事があったと告げて、自分の考を述べ、指図を請うた。

太田は別に思案もないので、佐佐に同意して、午《ひる》過ぎに東町奉行稲垣《いながき》をも出席させて、町年寄五人に桂屋太郎兵衛が子供を召し連れて出させることにした。情偽があろうかという、佐佐の懸念ももっともだというので、白洲《しらす》へは責道具《せめどうぐ》を並べさせることにした。これは子供を嚇《おど》して実《じつ》を吐かせようという手段である。

丁度《ちょうど》この相談が済んだ所へ、前の与力が出て、入口に控えて気色《けしき》を伺った。

「どうじゃ、子供は帰ったか」と、佐佐が声を掛けた。

「御意《ぎょい》でござりまする。お菓子を遣《つかわ》しまして帰そうと致しましたが、いちと申す娘がどうしても聴きませぬ。とうとう願書を懐《ふところ》へ押し込みまして、引き立てて帰しました。妹娘はしくしく泣きましたが、いちは泣かずに帰りました。」

「よほど情《じょう》の剛《こわ》い娘と見えますな」と、太田が佐佐を顧みていった。

十一月二十四日の未《*ひつじ》の下刻《げこく》である。西町奉行所の白洲ははればれしい光景を呈してい

る。書院には両奉行が列座する。奥まった所には別席を設けて、表向《おもてむき》の出座ではないが、城代が取調の摸様を余所《よそ》ながら見に来ている。縁側には取調を命ぜられた与力が、書役《かきやく》を随えて著座する。

同心《どうしん》らが三道具《みつどうぐ》を衝《つ》き立てて、厳《いか》めしく警固している庭に、拷問《ごうもん》に用いる、あらゆる道具が並べられた。そこへ桂屋太郎兵衛の女房と五人の子供とを連れて、町年寄五人が来た。

尋問は女房から始められた。しかし名を問われ、年を問われた時に、かつがつ返事をしたばかりで、その外の事を問われても、「一向《いっこう》に存じませぬ」、「恐れ入りました」というより外、何一つ申し立てない。

次に長女いちが調べられた。当年十六歳にしては、少し穉《おさな》く見える、痩肉《やせじし》の小娘である。しかしこれは些《ちと》の臆《おく》する気色《けしき》もなしに、一部始終の陳述をした。祖母の話を物蔭《ものかげ》から聞いた事、夜になって床に入ってから、出願を思い立った事、妹まつに打明けて勧誘した事、自分で願書を書いた事、長太郎が目を醒したので同行を許し、奉行所の町名を聞いてから、案内をさせた事、奉行所に来て門番と応対し、次いで詰衆《つめしゅう》の与力《よりき》に願書の取次を頼んだ事、与力らに強要せられて帰った事、およそ前日来経歴した事を問われるままに、はっきり答えた。

「それではまつの外には誰にも相談はいたさぬのじゃな」と、取調役《とりしらべやく》が問うた。

「誰にも申しません。長太郎にも精《くわ》しい事は申しません。お父っさんを助けて戴くように、お願しに往くと申しただけでございます。お役所から帰りまして、年寄衆《としよりしゅう》のお目に掛かりました時、わたくしども四人の命を差し上げて、父をお助け下さるように願うのだと申しましたら、長太郎が、それでは自分も命が差し上げたいと申して、とうとうわたくしに自分だけのお願書《ねがいしょ》を書かせて、持ってまいりました。」

いちがこう申し立てると、長太郎が懐《ふところ》から書附を出した。

取調役の指図で、同心が一人長太郎の手から書附を受け取って、縁側に出した。

取調役はそれを披《ひら》いて、いちの願書と引き比べた。いちの願書は町年寄の手から、取調の始まる前に、出させてあったのである。

長太郎の願書には、自分も姉や姉弟《きょうだい》と一しょに、父の身代りになって死にたいと、前の願書と同じ手跡《しゅせき》で書いてあった。

取調役は「まつ」と呼びかけた。しかしまつは呼ばれたのに気が附かなかった。いちが「お呼になったのだよ」といった時、まつは始めておそるおそる項垂《うなだ》れていた頭《こうべ》を挙げて、縁側の上の役人を見た。

「お前は姉と一しょに死にたいのだな」と、取調役が問うた。

まつは「はい」といって頷《うなず》いた。

次に取調役は「長太郎」と呼び掛けた。

長太郎はすぐに「はい」といった。

「お前は書附に書いてある通りに、兄弟一しょに死にたいのじゃな。」

「みんな死にますのに、わたしが一人生きていたくはありません」と、長太郎ははっきり答えた。

「とく」と取調役が呼んだ。とくは姉や兄が順序に呼ばれたので、こん度は自分が呼ばれたのだと気が附いた。そしてただ目を睜《みは》って役人の顔を仰ぎ見た。

「お前も死んでも好《い》いのか。」

とくは黙って顔を見ているうちに、唇《くちびる》に血色が亡《な》くなって、目に涙が一ぱい溜《た》まって来た。

「初五郎」と取調役が呼んだ。

ようよう六歳になる末子《ばっし》の初五郎は、これも黙って役人の顔を見たが、「お前はどうじゃ、死ぬるのか」と問われて、活潑にかぶりを振った。書院の人々は覚えず、それを見て微笑《ほほえ》んだ。

この時佐佐が書院の敷居際《しきいぎわ》まで進み出て、「いち」と呼んだ。

「はい。」

「お前の申立《もうしたて》には譃《うそ》はあるまいな。もし少しでも申した事に間違があって、人に教えられたり、相談をしたりしたのなら、今すぐに申せ。隠して申さぬと、そこに並べてある道具で、誠《まこと》の事を申すまで責めさせるぞ。」佐佐は責道具のある方角を指さした。

いちは指された方角を一目見て、少しもたゆたわずに、「いえ、申した事に間違はございません」と言い放った。その目は冷《ひやや》かで、その詞《ことば》は徐《しず》かであった。

「そんなら今一つお前に聞くが、身代りをお聞届《ききとど》けになると、お前たちはすぐに殺されるぞよ。父の顔を見ることは出来ぬが、それでも好いか。」

「よろしゅうございます」と、同じような、冷かな調子で答えたが、少し間を置いて、何か心に浮んだらしく、「お上の事には間違はございますまいから」と言い足した。

佐佐の顔には、不意打《ふいうち》に逢ったような、驚愕《きょうがく》の色が見えたが、それはすぐに消えて、険《けわ》しくなった目が、いちの面《おもて》に注がれた。憎悪を帯びた驚異の目とでもいおうか。しかし佐佐は何も言わなかった。

次いで佐佐は何やら取調役にささやいたが、間もなく取調役が町年寄《まちどしより》に、「御用が済んだから、引き取れ」と言い渡した。

白洲《しらす》を下がる子供らを見送って、佐佐は太田と稲垣とに向いて、「生先《おいさき》の恐ろしいものでござりますな」といった。心の中には、哀《あわれ》な孝行娘の影も残らず、人に教唆《きょうさ》せられた、おろかな子供の影も残らず、ただ氷のように冷かに、刃《やいば》のように鋭い、いちの最後の詞《ことば》の最後の一句が反響しているのである。元文頃の徳川家の役人は、固《もと》より「マルチリウム」*という洋語も知らず、また当時の辞書には献身という訳語もなかったので、人間の精神に、老若男女《ろうにゃくなんにょ》の別なく、罪人太郎兵衛の娘に現れたような作用があることを、知らなかったのは無理もない。しかし献身の中に潜《ひそ》む反抗の鋒《ほこさき》は、いちと語《ことば》を交《まじ》えた佐佐のみではなく、書院にいた役人一同の胸をも刺した。

城代も両奉行もいちを「変な小娘だ」と感じて、その感じには物でも憑《つ》いているのではないかという迷信さえ加わったので、孝女に対する同情は薄かったが、当時の行政司法の、元始的な機関が自然に活動して、いちの願意は期せずして貫徹した。桂屋太郎兵

衛の刑の執行は、「江戸へ伺《うかがい》中日延《ちゅうひのべ》」ということになった。これは取調のあった翌日、十一月二十五日に町年寄に達せられた。次いで元文四年三月二日に、「京都に於いて大《だい》嘗会御《じょうえご》執行相成候《しっこうあいなりそうろう》てより日限《にちげん》も不相立儀《あいたたざるぎ》に付、太郎兵衛事、死罪御赦免被仰出《おおせいだされ》、*大阪北、南組、天満《てんま》の三口御構《みくちおかまい》の上追放」ということになった。桂屋の家族は、再び西奉行所に呼び出されて、父に別《わかれ》を告げることが出来た。大嘗会《だいじょうえ》というのは、貞享《じょうきょう》四年に東山天皇の*盛儀《せいぎ》があってから、桂屋太郎兵衛の事を書いた高札《こうさつ》の立った元文三年十一月二十三日の直前、同じ月の十九日に、五十一年目に、桜町天皇が挙行し給うまで、中絶していたのである。

高瀬舟

＊高瀬舟《たかせぶね》は京都の高瀬川を上下する小舟である。徳川時代に京都の罪人が＊遠島《えんとう》を申し渡されると、本人の親類が牢屋敷《ろうやしき》へ呼び出されて、そこで暇乞《いとまごい》をすることを許された。それから罪人は高瀬舟に載せられて、大阪へ廻されることであった。それを護送するのは、京都町奉行の配下にいる同心で、この同心は罪人の親類の中で、主立《おもだ》った一人《いちにん》を大阪まで同船させることを許す慣例であった。これは上《かみ》へ通った事ではないが、いわゆる大目に見るのであった。黙許であった。

当時遠島を申し渡された罪人は、勿論《もちろん》重い科《とが》を犯したものと認められた人ではあるが、決して盗《ぬすみ》をするために、人を殺し火を放ったというような、獰悪《どうあく》な人物が多数を占めていたわけではない。高瀬舟に乗る罪人の過半は、いわゆる心得違《こころえちがい》のために、想《おも》わぬ科を犯した人であった。有《あ》り触《ふ》れた例を挙げて見れば、当時＊相対死《あいたいし》といった情死を謀《はか》って、相手の女を殺して、自分だけ活《い》き残った男というような類《たぐい》である。

そういう罪人を載せて、＊入相《いりあい》の鐘の鳴る頃に漕《こ》ぎ出された高瀬舟は、黒ずんだ京都の町の家々を両岸に見つつ、東へ走って、加茂川《かもがわ》を横ぎって下るのであった。この舟の中で、罪人とその親類の者とは夜どおし身の上を語り合う。いつもいつも悔《く》やんでも還《かえ》らぬ繰言《くりごと》である。護送の役をする同心は、傍《そば》でそれを聞いて、罪人を出した親戚眷族《しんせきけんぞく》の悲惨な境遇を細かに知ることが出来た。所詮《しょせん》町奉行所の白洲《しらす》で、表向《おもてむき》の口供《こうきょう》を聞いたり、役所の机の上で、口書《くちがき》を読んだりする役人の夢にも窺《うかが》うことの出来ぬ境遇である。

同心を勤める人にも、種々《いろいろ》の性質があるから、この時ただうるさいと思って、耳を掩《おお》いたく思う冷淡な同心があるかと思えば、またしみじみと人の哀《あわれ》を身に引き受けて、役柄ゆえ気色《けしき》には見せぬながら、無言の中に私《ひそ》かに胸を痛める同心もあった。場合によって非常に悲惨な境遇に陥った罪人とその親類とを、特に心弱い、涙脆《なみだもろ》い同心が宰領して行くことになると、その同心は不覚の涙を禁じ得ぬのであった。

そこで高瀬舟の護送は、町奉行所の同心仲間で、不快な職務として嫌われていた。

いつの頃であったか。多分江戸で*白河楽翁侯《しらかわらくおうこう》が政柄《せいへい》を執《と》っていた寛政の頃ででもあっただろう。智恩院の桜が入相《いりあい》の鐘に散る春の夕《ゆうべ》に、これまで類のない、珍らしい罪人が高瀬舟に載せられた。

それは名を喜助《きすけ》といって、三十歳ばかりになる、住所不定《ふじょう》の男である。固《もと》より牢屋敷に呼び出されるような親類はないので、舟にもただ一人で乗った。

護送を命ぜられて、一しょに舟に乗り込んだ同心羽田《はねだ》庄兵衛《しょうべえ》は、ただ喜助が弟殺しの罪人だということだけを聞いていた。さて牢屋敷から桟橋まで連れて来る間、この痩肉《やせじし》の、色の蒼白《あおじろ》い喜助の様子を見るに、いかにも神妙《しんびょう》に、いかにもおとなしく、自分をば公儀《こうぎ》の役人として敬って、何事につけても逆《さから》わぬようにしている。しかもそれが、罪人の間に往々見受けるような、温順を装って権勢に媚《こ》びる態度ではない。

庄兵衛は不思議に思った。そして舟に乗ってからも、単に役目の表で見張っているばかりでなく、絶えず喜助の挙動に、細かい注意をしていた。

その日は暮方から風が歇《や》んで、空一面を蔽《おお》った薄い雲が、月の輪廓をかすませ、ようよう近寄って来る夏の温《あたた》かさが、両岸の土からも、川床の土からも、靄《もや》になって立ち昇るかと思われる夜であった。下京《しもきょう》の町を離れて、加茂川を横ぎった頃からは、あたりがひっそりとして、ただ舳《へさき》に割《さ》かれる水のささやきを聞くのみである。

夜舟《よふね》で寝ることは、罪人にも許されているのに、喜助は横になろうともせず、雲の濃淡に従って、光の増したり減じたりする月を仰いで、黙っている。その額《ひたい》は晴やかで、目には微《かす》かなかがやきがある。

庄兵衛はまともには見ていぬが、始終喜助の顔から目を離さずにいる。そして不思議だ、不思議だと、心の内で繰り返している。それは喜助の顔が縦から見ても、横から見ても、いかにも楽しそうで、もし役人に対する気兼《きがね》がなかったなら、口笛を吹きはじめるとか、鼻歌を歌い出すとかしそうに思われたからである。

庄兵衛は心の内に思った。これまでこの高瀬舟の宰領をしたことは幾度《いくたび》だか知れない。しかし載せて行く罪人は、いつも殆《ほとん》ど同じように、目も当てられぬ気の毒な様子をしていた。それにこの男はどうしたのだろう。遊山船《ゆさんぶね》にでも乗ったような顔をしている。罪は弟を殺したのだそうだが、よしやその弟が悪い奴で、それをどんな行掛《ゆきがか》りになって殺したにせよ、人の情として好《い》い心持はせぬはずである。この色の蒼《あお》い痩男《やせおとこ》が、その人の情《じょう》というものが全く欠けているほどの、世にも稀な悪人であろうか。どうもそうは思われない。ひょっと気でも狂っているのではあるまいか。いやいや。それにしては何一つ辻褄《つじつま》の合わぬ言語《ことば》や挙動がない。この男はどうしたのだろう。庄兵衛がためには喜助の態度が考えれば考えるほどわからなくなるのである。

暫くして、庄兵衛はこらえ切れなくなって呼び掛けた。「喜助。お前何を思っている

のか。」

「はい」といってあたりを見廻した喜助は、何事をかお役人に見咎《みとが》められたのではないかと気遣《きづか》うらしく、居ずまいを直して庄兵衛の気色《けしき》を伺った。

庄兵衛は自分が突然問《とい》を発した動機を明《あか》して、役目を離れた応対を求める分疏《いいわけ》をしなくてはならぬように感じた。そこでこういった。「いや。別にわけがあって聞いたのではない。実はな、己《おれ》は先刻《さっき》からお前の島へ往《ゆ》く心持が聞いて見たかったのだ。己はこれまでこの舟で大勢の人を島へ送った。それは随分いろいろな身の上の人だったが、どれもどれも島へ往くのを悲しがって、見送りに来て、一しょに舟に乗る親類のものと、夜どおし泣くに極《き》まっていた。それにお前の様子を見れば、どうも島へ往くのを苦にしてはいないようだ。一体お前はどう思っているのだい。」

喜助はにっこり笑った。「御親切に仰《おっし》ゃって下すって、ありがとうございます。なるほど島へ往くということは、外《ほか》の人には悲しい事でございましょう。その心持はわたくしにも思い遣《や》って見ることが出来ます。しかしそれは世間で楽をしていた人だからでございます。京都は結構な土地ではございますが、その結構な土地で、これまでわたくしのいたして参ったような苦《くるし》みは、どこへ参ってもなかろうと存じます。お上《かみ》のお慈悲で、命を助けて島へ遣って下さいます。島はよしやつらい所でも、鬼の栖《す》む所ではございますまい。わたくしはこれまで、どこといって自分のいて好い所というものがございませんでした。こん度お上で島にいろと仰ゃって下さいます。そのいろと仰ゃる所に、落ち著いていることが出来ますのが、まず何よりも難有い事でございます。それにわたくしはこんなにかよわい体《からだ》ではございますが、ついぞ病気をいたしたことはございませんから、島へ往ってから、どんなつらい為事《しごと》をしたって、体を痛めるようなことはあるまいと存じます。それからこん度島へお遣下《やりくだ》さるに付きまして、二百文《もん》の鳥目《＊ちょうもく》を戴きました。それをここに持っております。」こういい掛けて、喜助は胸に手を当てた。遠島を仰せ附けられるものには、鳥目二百銅を遣《つかわ》すというのは、当時の掟《おきて》であった。

喜助は語《ことば》を続《つ》いだ。「お恥かしい事を申し上げなくてはなりませぬが、わたくしは今日《こんにち》まで二百文というお足《あし》を、こうして懐《ふところ》に入れて持っていたことはございませぬ。どこかで為事《しごと》に取り附きたいと思って、為事を尋ねて歩きまして、それが見附かり次第、骨を惜まずに働きました。そして貰《もら》った銭は、いつも右から左へ人手に渡さなくてはなりませなんだ。それも現金で物が買って食べられる時は、わたくしの工面《くめん》の好《い》い時で、大抵《たいてい》は借りたものを返して、また跡《あと》を借りたのでございます。それがお牢に這入《はいい》ってからは、為事をせずに食べさせて戴きます。わたくしはそればかりでも、お上に対して済まない事をいたしているようでなりませぬ。それにお牢を出る時に、この二百文を戴きましたのでございます。こうして相変らずお上の物を食べていて見ますれば、この二百文はわたくしが使わずに持っていることが出来ます。お足を自分の物にして持っているということは、わたくしに取っては、これが始《はじめ》でございます。島へ往って見ますまでは、どんな為事が出来るかわかりませんが、わたくしはこの二百文を島でする為事の本手《もとで》にしようと楽《たの》しんでおります。」こういって、喜助は口を噤《つぐ》んだ。

庄兵衛は「うん、そうかい」とはいったが、聞く事《こと》ごとに余り意表に出たので、これも暫《しばら》く何もいうことが出来ずに、考え込んで黙っていた。

庄兵衛はかれこれ初老*に手の届く年になっていて、もう女房に子供を四人生ませている。それに老母が生きているので、家は七人暮しである。平生人には吝嗇《りんしょく》といわれるほどの、倹約な生活をしていて、衣類は自分が役目のために著るものの外、寝巻しか拵《こしら》えぬ位にしている。しかし不幸な事には、妻を好い身代の商人の家から迎えた。そこで女房は夫の貰う扶持米《ふちまい》で暮しを立てて行こうとする善意はあるが、裕《ゆたか》な家に可哀《かわい》がられて育った癖があるので、夫が満足するほど手元を引き締めて暮して行くことが出来ない。

動《やや》もすれば月末になって勘定が足りなくなる。すると女房が内証で里《さと》から金を持って来て帳尻《ちょうじり》を合わせる。それは夫が借財というものを毛虫のように嫌うからである。そういう事は所詮《しょせん》夫に知れずにはいない。庄兵衛は五節句*だといっては、里方から物を貰い、子供の七五三の祝だといっては、里方から子供に衣類を貰うのでさえ、心苦しく思っているのだから、暮しの穴を塡《う》めてもらったのに気が附いては、好い顔はしない。格別平和を破るような事のない羽田の家に、折々波風の起るのは、これが原因である。

庄兵衛は今喜助の話を聞いて、喜助の身の上をわが身の上に引き比べて見た。喜助は為事をして給料を取っても、右から左へ人手に渡して亡《な》くしてしまうといった。いかにも哀《あわれ》な、気の毒な境界《きょうがい》である。しかし一転して我身の上を顧みれば、彼と我との間に、果してどれほどの差があるか。自分も上《かみ》から貰う扶持米を、右から左へ人手に渡して暮しているに過ぎぬではないか。彼と我との相違は、いわば十露盤《そろばん》の桁《けた》が違っているだけで、喜助のありがたがる二百文に相当する貯蓄だに、こっちはないのである。

さて桁を違えて考えて見れば、鳥目二百文をでも、喜助がそれを貯蓄と見て喜んでいるのに無理はない。その心持はこっちから察して遣《や》ることが出来る。しかしいかに桁を違えて考えて見ても、不思議なのは喜助の慾のないこと、足ることを知っていることである。

喜助は世間で為事を見附けるのに苦《くるし》んだ。それを見附けさえすれば、骨を惜まずに働いて、ようよう口を糊《のり》することの出来るだけで満足した。そこで牢に入ってからは、今まで得難《えがた》かった食が、殆ど天から授けられるように、働かずに得られるのに驚いて、生れてから知らぬ満足を覚えたのである。

庄兵衛はいかに桁を違えて考えて見ても、ここに彼と我との間に、大いなる懸隔のあることを知った。自分の扶持米で立てて行く暮しは、折々足らぬことがあるにしても、大抵出納《すいとう》が合っている。手一ぱいの生活である。然るにそこに満足を覚えたことは殆どない。常は幸《さいわい》とも不幸とも感ぜずに過している。しかし心の奥には、こうして暮していて、ふいとお役が御免になったらどうしよう、大病にでもなったらどうしようという疑《ぎ》懼《く》が潜《ひそ》んでいて、折々妻が里方から金を取り出して来て穴塡《あなうめ》をしたことなどがわかると、この疑懼が意識の閾《しきい》の上に頭を擡《もた》げて来るのである。

一体この懸隔はどうして生じて来るだろう。ただ上辺《うわべ》だけを見て、それは喜助には身に係累がないのに、こっちにはあるからだといってしまえばそれまでである。しかしそれは譃《うそ》である。よしや自分が一人者であったとしても、どうも喜助のような心持にはなられそうにない。この根柢《こんてい》はもっと深い処にあるようだと、庄兵衛は思った。

庄兵衛はただ漠然と、人の一生というような事を思って見た。人は身に病《やまい》があると、この病がなかったらと思う。その日その日の食がないと、食って行かれたらと思う。万一の時に備える蓄《たくわえ》がないと、少しでも蓄があったらと思う。蓄があっても、またその蓄がもっと多かったらと思う。かくの如《ごと》くに先から先へと考て見れば、人はどこまで往って踏み止まることが出来るものやら分からない。それを今目の前で踏み止まって見せてくれるのがこの喜助だと、庄兵衛は気が附いた。

庄兵衛は今さらのように驚異の目を睜《みは》って喜助を見た。この時庄兵衛は空を仰いでいる喜助の頭から毫光《ごうこう》がさすように思った。

庄兵衛は喜助の顔をまもりつつまた、「喜助さん」と呼び掛けた。今度は「さん」といったが、これは十分の意識を以て称呼《しょうこ》を改めたわけではない。その声が我口から出て我耳に入《い》るや否《いな》や、庄兵衛はこの称呼の不穏当なのに気が附いたが、今さら既に出た詞《ことば》を取り返すことも出来なかった。

「はい」と答えた喜助も、「さん」と呼ばれたのを不審に思うらしく、おそるおそる庄兵衛の気色《けしき》を覗《うかが》った。

　庄兵衛は少し間《ま》の悪いのをこらえていった。「色々の事を聞くようだが、お前が今度島へ遣られるのは、人をあやめたからだという事だ。己《おれ》に序《ついで》にそのわけを話して聞せてくれぬか。」

　喜助はひどく恐れ入った様子で、「かしこまりました」といって、小声で話し出した。

「どうも飛んだ心得違《こころえちがい》で、恐ろしい事をいたしまして、なんとも申し上げようがございませぬ。跡《あと》で思って見ますと、どうしてあんな事が出来たかと、自分ながら不思議でなりませぬ。全く夢中でいたしましたのでございます。わたくしは小さい時に二親《ふたおや》が*時疫《じえき》で亡くなりまして、弟と二人跡《あと》に残りました。初は丁度《ちょうど》軒下に生れた狗《いぬ》の子にふびんを掛けるように町内の人たちがお恵《めぐ》下さいますので、近所中《きんじょじゅう》の走使《はしりづかい》などをいたして、飢《う》え凍《こご》えもせずに、育ちました。次第に大きくなりまして職を捜しますにも、なるたけ二人が離れないようにいたして、一しょにいて、助け合って働きました。去年の秋の事でございます。わたくしは弟と一しょに、西陣《にしじん》の織場《おりば》に這入《はい》りまして、*空引《そらびき》ということをいたすことになりました。そのうち弟が病気で働けなくなったのでございます。その頃わたくしどもは*北山《きたやま》の掘立小屋同様の所に寝起をいたして、*紙屋川《かみやがわ》の橋を渡って織場へ通っておりましたが、わたくしが暮れてから、食物などを買って帰ると、弟は待ち受けていて、わたくしを一人で稼《かせ》がせては済まない済まないと申しておりました。或る日いつものように何心《なにごころ》なく帰って見ますと、弟は布団の上に突《つ》っ伏《ぶ》していまして、周囲《まわり》は血だらけなのでございます。わたくしはびっくりいたして、手に持っていた竹の皮包や何かを、そこへおっぽり出して、傍《そば》へ往って「どうしたどうした」と申しました。すると弟は真蒼《まつさお》な顔の、両方の頰《ほお》から腮《あご》へ掛けて血に染ったのを挙げて、わたくしを見ましたが、物を言うことが出来ませぬ。息をいたす度に、創口《きずぐち》でひゅうひゅうという音がいたすだけでございます。わたくしにはどうも様子がわかりませんので、「どうしたのだい、血を吐いたのかい」といって、傍《そば》へ寄ろうといたすと、弟は右の手を床《とこ》に衝《つ》いて、少し体《からだ》を起しました。左の手はしっかり腮《あご》の下の所を押えていますが、その指の間から黒血《くろち》の固まりがはみ出しています。弟は目でわたくしの傍へ寄るのを留《と》めるようにして口を利《き》きました。ようよう物が言えるようになったのでございます。「済まない。どうぞ堪忍してくれ。どうせなおりそうにもない病気だから、早く死んで少しでも兄きに楽がさせたいと思ったのだ。笛を切ったら、すぐ死ねるだろうと思ったが息がそこから漏《も》れるだけで死ねない。深く深くと思って、力一ぱい押し込むと、横へすべってしまった。刃は翻《こぼ》れはしなかったようだ。これを旨《うま》く抜いてくれたら己《おれ》は死ねるだろうと思っている。物を言うのがせつなくっていけない。どうぞ手を借して抜いてくれ」というのでございます。弟が左の手を弛《ゆる》めるとそこからまた息が漏ります。わたくしはなんといおうにも、声が出ませんので、黙って弟の喉《のど》の創《きず》を覗《のぞ》いて見ますと、なんでも右の手に剃刀《かみそり》を持って、横に笛を切ったが、それでは死に切れなかったので、そのまま剃刀を、剔《えぐ》るように深く突っ込んだものと見えます。柄《え》がやっと二寸ばかり創口から出ています。わたくしはそれだけの事を見て、どうしようという思案も附かずに、弟の顔を見ました。弟はじっとわたくしを見詰めています。わたくしはやっとの事で、「待っていてくれ、お医者を呼んで来るから」と申しました。弟は怨《うら》めしそうな目附をいたしましたが、また左の手で喉をしっかり押えて、「医者がなんになる、ああ苦しい、早く抜いてくれ、頼む」というのでございます。わたくしは途方に暮れたような心持になって、ただ弟の顔ばかり見ております。こんな時は、不思議なもので、目が物を言います。弟の目は「早くしろ、早くしろ」といって、さも怨めしそうにわたくしを見ています。わたくしの頭の中では、なんだかこう車の輪のような物がぐるぐる廻っているようでございましたが、弟の目は恐ろしい催促を罷《や》めません。それにその目の怨めしそうなのが段々険《けわ》しくなって来て、とうとう敵《かたき》の顔をでも睨《にら》むような、憎々しい目になってしまいます。それを見ていて、わたくしはとうとう、これは弟の言った通にして遣らなくてはならないと思いました。わたくしは「しかたがない、抜いて遣るぞ」と申しました。すると弟の目の色がからりと変って、晴やかに、さも嬉《うれ》しそうになりました。わたくしはなんでも一《ひ》と思《おも》いにしなくてはと思って膝を撞《つ》くようにして体を前へ乗り出しました。弟は衝いていた右の手を放して、今まで喉を押えていた手の肘《ひじ》を床に衝いて、横になりました。わたくしは剃刀の柄をしっかり握って、ずっと引きました。この時わたくしの内から締めておいた表口《おもてぐち》の戸をあけて、近所の婆《ば》あさんが這入って来ました。留守の間、弟に薬を飲ませたり何かしてくれるように、わたくしの頼んでおいた婆あさんなのでございます。もう大ぶ内のなかが暗くなっていましたから、わたくしには婆あさんがどれだけの事を見たのだかわかりませんでしたが、婆あさんはあっといったきり、表口をあけ放しにしておいて駆け出してしまいました。わたくしは剃刀を抜く時、手早く抜こう、真直《まっすぐ》に抜こうというだけの用心はいたしましたが、どうも抜いた時の手応《てごたえ》は、今まで切れていなかった所を切ったように思われました。刃が外の方へ向いていましたから、外の方が切れたのでございましょう。わたくしは剃刀を握ったまま、婆あさんの這入って来てまた駆け出して行ったのを、ぼんやりして見ておりました。婆あさんが行ってしまってから、気が附いて弟を見ますと、弟はもう息が切れておりました。創口からは大そうな血が出ておりました。それから年寄衆がお出になって、役場へ連れて行かれますまで、わたくしは剃刀を傍《そば》に置いて、目を半分あいたまま死んでいる弟の顔を見詰めていたのでございます。」

少し俯《うつむ》向き加減になって庄兵衛の顔を下から見上げて話していた喜助は、こういってしまって視線を膝の上に落した。

喜助の話は好く条理が立っている。殆ど条理が立ち過ぎているといっても好い位である。これは半年ほどの間、当時の事を幾度も思い浮べて見たのと、役場で問われ、町奉行所で調べられるその度《たび》ごとに、注意に注意を加えて浚《さら》って見させられたのとのためである。

庄兵衛はその場の様子を目のあたり見るような思いをして聞いていたが、これが果して弟殺しというものだろうか、人殺しというものだろうかという疑《うたがい》が、話を半分聞いた時から起って来て、聞いてしまっても、その疑を解くことが出来なかった。弟は剃刀を抜いてくれたら死なれるだろうから、抜いてくれといった。それを抜いて遣って死なせたのだ、殺したのだとはいわれる。しかしそのままにしておいても、どうせ死ななくてはならぬ弟であったらしい。それが早く死にたいといったのは、苦しさに耐えなかったからである。喜助はその苦《く》を見ているに忍びなかった。苦から救って遣ろうと思って命を絶った。それが罪であろうか。殺したのは罪に相違ない。しかしそれが苦から救うためであったと思うと、そこに疑が生じて、どうしても解けぬのである。

庄兵衛の心の中には、いろいろに考えて見た末に、自分より上のものの判断に任す外ないという念、*オオトリテエに従う外ないという念が生じた。庄兵衛はお奉行様の判断を、そのまま自分の判断にしようと思ったのである。そうは思っても、庄兵衛はまだどこやらに腑《ふ》に落ちぬものが残っているので、なんだかお奉行様に聞いて見たくてならなかった。

次第に更《ふ》けて行く朧夜《おぼろよ》に、沈黙の人二人を載せた高瀬舟は、黒い水の面をすべって行った。

附高瀬舟縁起

京都の高瀬川は、五条から南は天正《てんしょう》十五年に、二条から五条までは慶長十七年に、角倉了以《すみのくらりょうい》が掘ったものだそうである。そこを通う舟は曳舟《ひきふね》である。原来《がんらい》たかせは舟の名で、その舟の通う川を高瀬川というのだから、同名の川は諸国にある。しかし舟は曳舟には限らぬので、『*和名鈔《わみょうしょう》』には釈名《しゃくめい》の「艇小而深者曰䑼《ていしょうにしてふかきものをきょうという》」とある䑼《きょう》の字をたかせに当ててある。*竹柏園文庫《ちくはくえんぶんこ》の『*和漢船用集《わかんせんようしゅう》』を借覧するに、「おもて高く、とも、よこもにて、低く平《たいら》なるものなり」といってある。そして図には篙《さお》で行《や》る舟がかいてある。

徳川時代には京都の罪人が遠島を言い渡されると、高瀬舟で大阪へ廻されたそうである。それを護送して行く京都町奉行附《きょうとまちぶぎょうづき》の同心が悲しい話ばかり聞せられる。或るときこの舟に載せられた兄弟殺しの科《とが》を犯した男が、少しも悲しがっていなかった。その仔細《しさい》を尋ねると、これまで食を得ることに困っていたのに、遠島を言い渡された時、銅銭二百文を貰ったが、銭を使わずに持っているのは始だと答えた。また人殺しの科はどうして犯したかと問えば、兄弟は西陣に傭《やと》われて、空引《そらびき》ということをしていたが、給料が少くて暮しが立ち兼ねた、その内同胞が自殺を謀ったが、死に切れなかった、そこで同胞が所詮助からぬから殺してくれと頼むので、殺して遣ったといった。

この話は『*翁草《おきなぐさ》』に出ている。*池辺義象《いけべよしかた》さんの校訂した活字本で一ペエジ余に書いてある。私はこれを読んで、その中に二つの大きい問題が含まれていると思った。一つは財産というものの観念である。銭を持ったことのない人の銭を持った喜《よろこび》は、銭の多少には関せない。人の欲には限がないから、銭を持って見ると、いくらあればよいという限界は見出されないのである。二百文を財産として喜んだのが面白い。今一つは死に掛かっていて死なれずに苦んでいる人を、死なせて遣るという事である。人を死なせて遣れば、即ち殺すということになる。どんな場合にも人を殺してはならない。『翁草』にも、教《おしえ》のない民だから、悪意がないのに人殺しになったというような、批評の詞《ことば》があったように記憶する。しかしこれはそう容易に杓子定木《しゃくしじょうぎ》で決してしまわれる問題ではない。ここに病人があって死に瀕《ひん》して苦《くるし》んでいる。それを救う手段は全くない。傍《そば》からその苦むのを見ている人はどう思うであろうか。縦令教《たといおしえ》のある人でも、どうせ死なな くてはならぬものなら、あの苦みを長くさせておかずに、早く死なせて遣りたいという情は必ず起る。ここに麻酔薬を与えて好いか悪いかという疑が生ずるのである。その薬は致死量でないにしても、薬を与えれば、多少死期を早くするかも知れない。それゆえ遣らずにおいて苦ませていなくてはならない。従来の道徳は苦ませておけと命じている。しかし医学社会には、これを非とする論がある。即ち死に瀕《ひん》して苦むものがあったら、楽に死なせて、その苦を救って遣るが好いというのである。これをユウタナジイ*という。楽に死なせるという意味である。高瀬舟の罪人は、丁度それと同じ場合にいたように思われる。私にはそれがひどく面白い。

こう思って私は「高瀬舟」という話を書いた。『中央公論』で公《おおやけ》にしたのがそれである。

寒《かん》山《ざん》拾《じっ》得《とく》

唐《とう》の貞観《じょうがん》の頃だというから、西洋は七世紀の初《はじめ》日本は年号というもののやっと出来掛かった時である。閭丘胤《りょきゅういん》という官吏がいたそうである。もっともそんな人はいなかったらしいという人もある。なぜかというと、閭《りょ》は台州《たいしゅう》の主簿《しゅぼ》になっていたと言い伝えられているのに、新旧の唐書に伝が見えない。主簿といえば、刺史《しし》とか太守《たいしゅ》とかいうと同じ官である。支那《しな》全国が道《どう》に分れ、道が州又は郡に分れ、それが県に分れ、県の下に郷《ごう》があり郷の下に里《り》がある。州には刺史といい、郡には太守という。一体日本で県より小さいものに郡の名を附けているのは不都合だと、*吉田東伍《とうご》さんなんぞは不服を唱えている。閭が果して台州の主簿であったとすると日本の府県知事位の官吏である。そうして見ると、唐書の列伝に出ているはずだというのである。しかし閭がいなくては話が成り立たぬから、ともかくもいたことにしておくのである。

さて閭が台州に著任してから三日目になった。長安で北支那の土埃《つちほこり》を被《かぶ》って、濁った水を飲んでいた男が台州に来て中央支那の肥えた土を踏み、澄んだ水を飲むことになったので、上機嫌である。それにこの三日の間に、多人数《たにんず》の下役《したやく》が来て謁見をする。受持《うけもち》受持《うけもち》の事務を形式的に報告する。その慌《あわ》ただしい中に、地方長官の威勢の大きいことを味《あじわ》って、意気揚々としているのである。

閭は前日に下役のものに言っておいて、今朝は早く起きて、天台県の国清寺《こくせいじ》をさして出掛けることにした。これは長安にいた時から、台州に著《つ》いたら早速往《ゆ》こうと極《き》めていたのである。

何の用事があって国清寺へ往くかというと、それには因縁がある。閭が長安で主簿の任命を受けて、これから任地へ旅立とうとした時、生憎《あいにく》こらえられぬほどの頭痛が起った。単純なリョウマチス性の頭痛ではあったが、閭は平生《へいぜい》から少し神経質であったので、掛かり附《つけ》の医者の薬を飲んでもなかなかなおらない。これでは旅立の日を延ばさなくてはなるまいかといって、女房《にょうぼう》と相談していると、そこへ小女《こおんな》が来て、「只今《ただいま》御門の前へ乞食坊主がまいりまして、御主人にお目に掛かりたいと申しますがいかがいたしましょう」といった。

「ふん、坊主か」といって閭は暫《しばら》く考えたが、「とにかく逢《あ》って見るから、ここへ通せ」と言い附けた。そして女房《にょうぼう》を奥へ引っ込ませた。

元来閭は科挙に応ずるために、経書《けいしょ》を読んで、五言《ごごん》の詩を作ることを習ったばかりで、仏典を読んだこともなく、老子を研究したこともない。しかし僧侶や道士というものに対しては、何故《なぜ》ということもなく尊敬の念を持っている。自分の会得《えとく》せぬものに対する、盲目の尊敬とでもいおうか。そこで坊主と聞いて逢おうといったのである。

間もなく這入《はい》って来たのは、一人《いちにん》の背の高い僧であった。垢《あか》つき弊《やぶ》れた法衣《ほうえ》を着て、長く伸びた髪を、眉の上で切っている。目に被《かぶ》さってうるさくなるまで打ち遣《や》っておいたものと見える。手には鉄鉢《てつばつ》を持っている。

僧は黙って立っているので閭が問うて見た。「わたしに逢いたいといわれたそうだが、なんの御用かな。」

僧はいった。「あなたは台州へお出《いで》なさることにおなりなすったそうでございますね。それに頭痛に悩んでお出なさると申すことでございます。わたくしはそれを直《なお》して進ぜようと思って参りました。」

「いかにも言われる通《とおり》で、その頭痛のために出立《しゅったつ》の日を延ばそうかと思っていますが、どうして直してくれられるつもりか。何か薬方でも御存じか。」

「いや。*四大《しだい》の身を悩ます病は幻《まぼろし》でございます。ただ清浄《しょうじょう》な水がこの受糧器に一ぱいあれば宜《よろ》しい。呪《まじない》で直して進ぜます。」

「はあ呪《まじない》をなさるのか。」こういって少し考えたが「仔《し》細《さい》あるまい、一つまじなって下さい」といった。これは医道の事などは平生深く考えてもおらぬので、どういう治療ならさせる、どういう治療ならさせぬという定見がないから、ただ自分の悟性に依頼して、その折々に判断するのであった。勿論そういう人だから、掛かり附の医者というのも善く人選《にんせん》をしたわけではなかった。＊『素問《そもん》』や『霊枢《れいすう》』でも読むような医者を捜《さが》して極《き》めていたのではなく、近所に住んでいて呼ぶのに面倒のない医者に懸かっていたのだから、ろくな薬は飲ませてもらうことが出来なかったのである。今乞食坊主に頼む気になったのは、なんとなくえらそうに見える坊主の態度に信を起したのと、水一ぱいでする呪なら間違った処《ところ》で危険な事もあるまいと思ったのとのためである。丁度《ちょうど》東京で高等官連中が＊紅療治《べにりょうじ》や気合術に依頼するのと同じ事である。

閭《りょ》は小女《こおんな》を呼んで、汲立《くみたて》の水を鉢《はち》に入れて来いと命じた。水が来た。僧はそれを受け取って、胸に捧《ささ》げて、じっと閭を見詰《みつ》めた。清浄《しょうじょう》な水でも好《よ》ければ、不潔な水でも好《い》い、湯でも茶でも好いのである。不潔な水でなかったのは、閭がためには勿怪《もっけ》の幸《さいわい》であった。暫く見詰めているうちに、閭は覚えず精神を僧の捧げている水に集注した。

この時僧は鉄鉢《てつばつ》の水を口に銜《ふく》んで、突然ふっと閭の頭に吹き懸けた。

閭はびっくりして、背中に冷汗《ひやあせ》が出た。

「お頭痛は」と僧が問うた。

「あ。癒《なお》りました。」実際閭はこれまで頭痛がする、頭痛がすると気にしていて、どうしても癒らせずにいた頭痛を、坊主の水に気を取られて、取り逃がしてしまったのである。

僧は徐《しず》かに鉢に残った水を床《ゆか》に傾けた。そして「そんならこれでお暇《いとま》をいたします」というや否や、くるりと閭に背中を向けて、戸口の方へ歩き出した。

「まあ、ちょっと」と閭が呼び留めた。

僧は振り返った。「何か御用で。」

「寸志《すんし》のお礼がいたしたいのですが。」

「いや。わたくしは群生《ぐんしょう》を福利し、憍慢《きょうまん》を折伏《しゃくぶく》するために、乞食《こつじき》はいたしますが、療治《りょうじ》代《だい》は戴きませぬ。」

「なるほど。それでは強《し》いては申《もう》しますまい。あなたはどちらのお方か、それを伺っておきたいのですが。」

「これまでおった処でございますか。それは天台の国清寺で。」

「はあ。天台におられたのですな。お名は。」

「豊干《ぶかん》と申します。」

「天台国清寺の豊干と仰《おっ》しゃる。」閭はしっかりおぼえておこうと努力するように、眉を顰《ひそ》めた。「わたしもこれから台州へ往くものであって見れば、殊《こと》さらお懐《なつ》かしい。序《ついで》だから伺いたいが、台州には逢いに往ってためになるような、えらい人はおられませんかな。」

「さようでございます。国清寺に拾得《じっとく》と申すものがおります。実は普賢《ふげん》でございます。それから寺の西の方に、寒巌《かんがん》という石窟《せっくつ》があって、そこに寒山《かんざん》と申すものがおります。実は文殊《もんじゅ》でございます。さようならお暇《いとま》をいたします。」こう言ってしまって、ついと出て行った。

こういう因縁があるので、閭は天台の国清寺をさして出懸けるのである。

全体世の中の人の、道とか宗教とかいうものに対する態度に三通りある。自分の職業に気を取られて、唯営々役々《えいえいえきえき》と年月《としつき》を送っている人は、道というものを顧《かえり》みない。これは読書人でも同じ事である。勿論書を読んで深く考えたら、道に到達せずにはいられま

い。しかしそうまで考えないでも、日々の務《つとめ》だけは弁じて行かれよう。これは全く無頓《むとん》著《ちゃく》な人である。

次に著意《ちゃくい》して道を求める人がある。専念に道を求めて、万事を抛《なげう》つこともあれば、日々の務《つとめ》は怠《おこた》らずに、断《た》えず道に志《こころざ》していることもある。儒学に入《い》っても、道教に入っても、仏法に入っても基督《クリスト》教に入っても同じ事である。こういう人が深く這入《はい》り込むと日々の務が即ち道そのものになってしまう。約《つづ》めて言えばこれは皆道を求める人である。

この無頓著な人と、道を求める人との中間に、道というものの存在を客観的に認めていて、それに対して全く無頓著だというわけでもなく、さればといって自ら進んで道を求めるでもなく、自分をば道に疎遠な人だと諦念《あきら》め、別に道に親密な人がいるように思って、それを尊敬する人がある。尊敬はどの種類の人にもあるが、単に同じ対象を尊敬する場合を顧慮していって見ると、道を求める人なら遅れているものが進んでいるものを尊敬することになり、ここに言う中間人物なら、自分のわからぬもの、会得《えとく》することの出来ぬものを尊敬することになる。そこに盲目の尊敬が生ずる。盲目の尊敬では、偶《たまたま》それをさし向ける対象が正鵠《せいこく》を得ていても、なんにもならぬのである。

閭《りよ》は衣服を改め輿《よ》に乗って、台州の官舎を出た。従者が数十人ある。

時は冬の初で、霜が少し降っている。椒江《しょうこう》の支流で、始豊渓《しほうけい》という川の左岸を迂回《うかい》しつつ北へ進んで行く。初め陰《くも》っていた空がようよう晴れて、蒼白《あおじろ》い日が岸の紅葉《もみじ》を照している。路で出合う老幼は、皆輿《よ》を避けて跪《ひざまず》く。輿の中では閭《りよ》がひどく好い心持になっている。牧民の職にいて賢者を礼するというのが、手柄のように思われて、閭に満足を与えるのである。

台州から天台県までは六十里ある。日本の六里半ほどである。ゆるゆる輿を舁《か》かせて来たので、県から役人の迎えに出たのに逢った時、もう午《ひる》を過ぎていた。知県の官舎で休んで、馳走になりつつ聞いて見ると、ここから国清寺までは、爪尖上《つまさきあが》りの道がまた六十里ある。往《ゆ》き著《つ》くまでには夜《よ》に入《い》りそうである。そこで閭は知県の官舎に泊ることにした。

翌朝《よくちょう》知県に送られて出た。きょうもきのうに変らぬ天気である。一体天台一万八千丈とは、いつ誰《たれ》が測量したにしても、所詮《しょせん》高過ぎるようだが、とにかく虎のいる山である。道はなかなかきのうのようには捗《はかど》らない。途中で午飯《ひるめし》を食って、日が西に傾き掛かった頃、国清寺の三門に著いた。智者大師《ちしゃだいし》の滅後に、隋《ずい》の煬帝《ようだい》が立てたという寺である。

寺でも主簿の御参詣《ごさんけい》だというので、おろそかにはしない。道翹《どうぎょう》という僧が出迎えて、閭を客間に案内した。さて茶菓《ちゃか》の饗応が済むと、閭が問うた。「当寺に豊干《ぶかん》という僧がおられましたか。」

道翹が答えた。「豊干と仰《おっし》ゃいますか。それは先頃まで、本堂の背後《うしろ》の僧院におられましたが、行脚《あんぎゃ》に出られたきり、帰られませぬ。」

「当寺ではどういう事をしておられましたか。」

「さようでございます。僧どもの食べる米を舂《つ》いておられました。」

「はあ。そして何か外《ほか》の僧たちと変ったことはなかったのですか。」

「いえ。それがございましたので、初めただ骨惜《ほねお》しみをしない、親切な同宿だと存じていました豊干さんを、わたくしどもが大切にいたすようになりました。すると或る日ふいと出て行ってしまわれました。」

「それはどういう事があったのですか。」

「全く不思議な事でございました。或る日山から虎に騎《の》って帰って参られたのでございます。そしてそのまま廊下へ這入《はい》って、虎の背で詩を吟じて歩かれました。一体詩を吟ずることの好《すき》な人で、裏の僧院でも、夜になると詩を吟ぜられました。」

「はあ。活《い》きた*阿羅漢《あらかん》ですな。その僧院の址《あと》はどうなっていますか。」

「只今も明家《あきや》になっておりますが、折々夜になると、虎が参って吼《ほ》えております。」

「そんなら御苦労ながら、そこへ御案内を願いましょう。」こういって、閭は座を起《た》った。

道翹《どうぎょう》は蛛《くも》の網《い》を払いつつ先に立って、閭を豊干のいた明家に連れて行った。日がもう暮れ掛かったので、薄暗い屋内を見廻すに、がらんとして何一つない。道翹は身を屈《かが》めて石畳《いしだたみ》の上の虎の足跡《あしあと》を指《ゆび》さした。たまたま山風が窓の外を吹いて通って、堆《うずたか》い庭の落葉を捲《ま》き上げた。その音が寂寞《せきばく》を破ってざわざわと鳴ると、閭は髪の毛の根を締め附けられるように感じて、全身の肌《はだ》に粟《あわ》を生じた。

閭は忙《せわ》しげに明家《あきや》を出た。そして跡から附いて来る道翹に言った。「拾得《じっとく》という僧は、まだ当寺におられますか。」

道翹は不審らしく閭の顔を見た。「好く御存じでございます。先刻あちらの厨《くりや》で、寒《かん》山《ざん》と申すものと火に当っておりましたから、御用がおありなさるなら、呼び寄せましょうか。」

「ははあ。寒山も来ておられますか。それは願ってもない事です。どうぞ御苦労序《ついで》に厨《くりや》に御案内を願いましょう。」

「承知いたしました」といって、道翹は本堂に附いて西へ歩いて行く。

閭が背後《うしろ》から問うた。「拾得さんはいつ頃から当寺におられますか。」

「もうよほど久しい事でございます。あれは豊干さんが松林の中から拾って帰られた捨子《すてご》でございます。」

「はあ。そして当寺では何をしておられますか。」

「拾われて参ってから三年ほど立ちました時、食堂で上座《じょうざ》の像に香《こう》を上げたり、灯明《とうみょう》を上げたり、その外供《ほかそな》えものをさせたりいたしましたそうでございます。そのうち或る日上座の像に食事を供えておいて、自分が向き合って一しょに食べているのを見付けられましたそうでございます。賓頭盧《びんずる》尊者《そんじゃ》の像がどれだけ尊いものか存ぜずにいたしたことと見えます。ただ今では厨《くりや》で僧どもの食器を洗わせております。」

「はあ」と言って、閭は二足三足《ふたあしみあし》歩いてから問うた。「それからただ今寒山と仰しゃったが、それはどういう方ですか。」

「寒山でございますか。これは当寺から西の方の寒巌《かんがん》と申す石窟《せっくつ》に住んでおりますものでございます。拾得が食器を滌《あら》います時、残っている飯《めし》や菜《さい》を竹の筒《つつ》に入れて取っておきますと、寒山はそれを貰いに参るのでございます。」

「なるほど」といって、閭は附いて行く。心の中《うち》では、そんな事をしている寒山、拾得が文殊《もんじゅ》、普賢《ふげん》なら、虎に騎《の》った豊干《ぶかん》はなんだろうなどと、田舎者が芝居を見て、どの役がどの俳優かと思い惑う時のような気分になっているのである。

「甚《はなは》だむさくるしい所で」といいつつ、道翹《どうぎょう》は閭を厨《くりや》の中《うち》に連《つ》れ込んだ。

ここは湯気《ゆげ》が一ぱい籠《こ》もっていて、遽《にわか》に這入って見ると、しかと物を見定めることも出来ぬ位である。その灰色の中に大きい竈《かまど》が三つあって、どれにも残った薪《まき》が真赤《まっか》に燃《も》えている。暫く立ち止まって見ているうちに、石の壁に沿うて造り附けてある卓《つくえ》の上で大勢の僧が飯や菜や汁を鍋釜《なべかま》から移しているのが見えて来た。

この時道翹が奥の方へ向いて、「おい、拾得」と呼び掛けた。

閭がその視線を辿《たど》って、入口から一番遠い竈の前を見ると、そこに二人《ふたり》の僧の蹲《うずくま》って火に当っているのが見えた。

一人《ひとり》は髪の二、三寸伸びた頭を剃《む》き出して、足には草履《ぞうり》を穿《は》いている。今一人は木の皮で編んだ帽《ぼう》を被《かぶ》って、足には木履《ぼくり》を穿いている。どちらも痩《や》せて身すぼらしい小男で、豊干のような大男ではない。

道翹が呼び掛けた時、頭を剃き出した方は振り向いてにやりと笑ったが、返事はしなかった。これが拾得だと見える。帽を被った方は身動きもしない。これが寒山なのであろう。

閭はこう見当を附けて二人の傍《そば》へ進み寄った。そして袖《そで》を掻《か》き合せて恭《うやうや》しく礼をして、「朝儀大夫《ちょうぎたいふ》、使持節《しじせつ》、台州の主簿、上柱国《じょうちゅうこく》、賜緋魚袋《しひぎょたい》、閭丘胤《りょきゅういん》と申すものでございます」と名告《なの》った。

二人は同時に閭を一目見た。それから二人で顔を見合せて腹の底から籠《こ》み上げて来るような笑声《わらいごえ》を出したかと思うと、一しょに立ち上がって、厨《くりや》を駆け出して逃げた。逃げしなに寒山が「豊干《ぶかん》がしゃべったな」といったのが聞えた。

驚いて跡《あと》を見送っている閭が周囲には、飯や菜や汁を盛っていた僧らが、ぞろぞろと来てたかった。道翹は真蒼《まっさお》な顔をして立ち竦《すく》んでいた。

附寒山拾得縁起

徒然草《つれづれぐさ》に最初の仏《ほとけ》はどうして出来たかと問われて困ったというような話があった。子供に物を問われて困ることは度々《たびたび》である。中にも宗教上の事には、答に窮することが多い。しかしそれを拒《こば》んで答えずにしまうのは、殆どそれは譃《うそ》だというと同じようになる。近頃*帰一協会《きいつきょうかい》などでは、それを子供のために悪いといって気遣《きづか》っている。

寒山詩が所々《しょしょ》で活字本にして出されるので、私の内の子供がその広告を読んで買ってもらいたいといった。

「それは漢字ばかりで書いた本で、お前にはまだ読めない」というと、重《かさ》ねて「どんな事が書いてあります」と問う。多分広告に、修養のために読むべき書だというような事が書いてあったので、子供が熱心に内容を知りたく思ったのであろう。

私は取《と》り敢《あ》えずこんな事を言った。床の間に先頃掛けてあった画《え》をおぼえているだろう。*唐子《からこ》のような人が二人で笑っていた。あれが寒山と拾得とをかいたものである。寒山詩はその寒山の作った詩なのだ。詩はなかなかむずかしいといった。

子供は少し見当が附いたらしい様子で、「詩はむずかしくてわからないかも知れませんが、その寒山という人だの、それと一しょにいる拾得という人だのは、どんな人でございます」といった。私は已《や》むことを得ないで、寒山拾得の話をした。

私は丁度その時、何か一つ話を書いてもらいたいと頼まれていたので、子供にした話を、殆《ほとんど》そのまま書いた。いつもと違て、一冊の参考書をも見ずに書いたのである。

この「寒山拾得」という話は、まだ書肆《しょし》の手にわたしはせぬが、多分『新小説』に出ることになるだろう。

子供はこの話には満足しなかった。大人《おとな》の読者は恐らくは一層満足しないだろう。子供には、話した跡《あと》でいろいろの事を問われて、私はまた已むことを得ずに、いろいろな事を答えたが、それを悉《ことごと》く書くことは出来ない。最も窮したのは、寒山が文殊《もんじゅ》で、拾得は普賢《ふげん》だといったために、文殊だの普賢だのの事を問われ、それをどうかこうか答えると、またその文殊が寒山で、普賢が拾得だというのがわからぬといわれた時である。私はとうとう宮崎虎之助《*みやざきとらのすけ》さんの事を話した。宮崎さんはメッシアスだと自分でいっていて、またそのメッシアスを拝《おが》みに往く人もあるからである。これは現在にある例で説明したら、幾らかわかり易《やす》かろうと思ったからである。

しかしこの説明は功を奏せなかった。子供には昔の寒山が文殊であったのがわからぬと同じく、今の宮崎さんがメッシアスであるのがわからなかった。私は一つの関《せき》を踰《こ》えて、また一つの関に出逢ったように思った。そしてとうとうこういった。「実はパパアも文殊なのだが、まだ誰も拝みに来ないのだよ。」

注

山椒太夫

八　**荒川**　新潟県高田平野を流れる関川。

一〇　**岩代の信夫郡**　今の福島市。

一一　**粔籹**　もち米を蒸した後、乾かして煎ったものを水あめと砂糖とで固めた菓子。

一三　**大夫**　本来は、令制における五位の通称。ここでは、棟梁。親方。

一三　**直江の浦**　今の上越市の直江津港。

一五　**西国**　九州地方。

一六　**氈**　毛織りの敷物。

一六　**越中宮崎**　今の富山県下新川郡朝日町宮崎。

一七　**幾緡**　「緡」は銭の穴にさし通してひとまとめにする細い縄。銭差。

一八　**乗る舟は弘誓の舟、著くは同じ彼岸**　弘誓は衆生をもれなく救おうとする菩薩の広大な誓願。親鸞の『高僧和讃』(岩波文庫『親鸞和讃集』所収)に、「生死の苦海ほとりなし／ひさしくしづめるわれらをば／弥陀弘誓のふねのみぞ／のせてかならずわたしける」。

一八　**蓮華峰寺**　今の新潟県佐渡郡小木町にある寺。

一九　**袿**　平安時代の貴族の女子の服。重ね上着。

二〇　**鱗介**　魚。

二一　**丹後の由良**　今の京都府宮津市字由良。「石浦」は宮津市字石浦。このあたり、今も山椒太夫屋敷跡など山椒太夫にちなんだ伝承地が残っている。

二二　**いたつき**　いたずき。苦労。

二三　**樏子**　餉笥。餉(乾し飯)をいれる箱。弁当箱。

二三　**面桶**　一人前ずつ飯を盛って配る曲物。弁当箱。「饘」は固く煮た粥。今の普通の飯のこと。

二五　**二見が浦**　三重県度会《わたらい》郡二見町の海岸。

三八　**中山**　今の舞鶴市字中山。

四〇　**和江**　今の舞鶴市字和江

四三　**偏衫**　僧衣の一。上半身を覆う法衣。

四五　**田辺**　舞鶴の古名。

四五　**三衣**　袈裟。

四五　**山城の朱雀野**　今の京都市下京区朱雀。「権現堂」は同地現存の権現寺。

四五　**直衣**　天皇・貴族の平服。

〔直　衣〕

四六　**関白師実**　藤原師実（一〇四二―一一〇一）。

四六　**筑紫の安楽寺**　菅原道真の廟所。天満宮安楽寺。今は廃絶。

四六　**仙洞**　譲位した天皇。

四六　**永保の初**　永保年間は一〇八一―八四年。

四七　**違格**　平安時代の罪名。「格」（律令の補足として出された詔勅・官符）に違反すること。

四七　**受領**　国司に任ぜられること。

四七　**冠を加えた**　元服させた。

四七　**除目**　諸司・諸国の官を任ずる儀式。

四八　**仮寧**　官人に与えられた休暇。「微行」はおしのび。

四八　**雑太**　佐渡の旧郡名。

魚玄機

五三　**道士**　道教を修める人。

五三　**奇貨**　利用すれば意外な利を見込める機会。得難い機会。

五三　**天宝**　玄宗の年号。七四二―七五六年。

五三　**太清宮**　太微宮・紫極宮とともに老子の廟。

五三　**趙痩といわんよりは、むしろ楊肥**　「趙」は漢の成帝の皇后趙飛燕。やせ形の美人といわれた。「楊」は楊貴妃。豊満な美女。

五二 **咸通九年**　八六八年。

五三 **能事**　なすべき事。

五三 **曲尽**　こまごまと説き尽くす。

五三 **大中元年**　八四七年。白居易の亡くなったのは八四六年。

五三 **元微之**　七七九―八三一　白居易と並べて「元白」と称せられた。

五三 **古今体**　今体と古体。

五三 **狭邪の地**　色街・遊里を指す。

五三 **窮措大**　「措大」は学者・書生。貧しい学者や書生。

五三 **揺金樹**　金のなる木。

五四 **旗亭**　酒場。料理屋。旗を立ててその印とした。

五四 **于思盱目**　「于思」はひげの多い様。「盱目」は目が大きく見張られていること。

五四 **白面郎**　年が若く経験の乏しい男。

五四 **挙場**　科挙の試験場。

五五 **開成**　文宗の年号。八三六―四〇年。

五六 **児は**　「児」は婦女の自称。私は。

五六 **奔踶**　勢いよく走ること。

一五六 **良驥**　優れた馬。

一五六 **占出**　書き記すこと。

一五七 **詩筒の往反**　詩のやりとり。

一五七 **『南華』**　『荘子』のこと。

一五七 **爕理**　政治。

一五七 **菩薩蛮**　唐代に流行した曲調の名。「塡詞」は歌曲の譜に合わせて字句を塡入したもの。

一五八 **中書堂**　文書を司る中書省。

一五八 **挙人**　科挙の受験者。

一五八 **金歩揺**　金でできたかんざし。「玉条脱」は美しい玉でできた腕輪。

一五八 **知挙**　科挙を司る役職。

一五八 **刺史**　中央から派遣された州の長官。

一五九 **幣**　礼としての金銭。

一五九 **林亭**　林の中の別荘。

一五九 **聘**　結納を贈って妻を迎えること。

一六〇 **去住**　動静。

一六〇 **女伴**　ここでは実家の女性たち。

一六一 **羅衣**　薄い絹の着物。女性を指す。

六一　**吉士**　優れた男性。

六一　**房帷の欲**　「房帷」は寝室のとばり。性欲。

六三　**宋玉**　戦国時代楚の詩人。美男子で知られた。

六三　**王昌**　唐代の詩によく使われる美男子の名。

六四　**笑話晷を移す**　談笑していて時の移るのを忘れる。

六四　**謔浪**　たわむれふざけること。

六七　**初夜**　午後一〇時から一二時までの間。

六七　**政を乞う**　教えを乞う。

六八　**虚日**　暇な日。何事もない日。

六九　**猧子**　狆。

七三　**京兆の尹**　長安以下一二県を治める行政長官。

七三　**虞候**　宮廷の警護に当たる役人。

じいさんばあさん

七六　**麻布竜土町**　今の港区六本木。

七六　**三河国奥殿**　いまの岡崎市奥殿町。

七八　**青山御所**　孝明天皇の皇后の御所。今の港区元赤坂。「赤坂黒鍬谷」は今の港区赤坂四丁目。

円通坂の北側。
七九　**異数**　異例。
七九　**大番**　大番組。旗本によって編成された江戸幕府の軍事組織。その長が大番頭。
七九　**外桜田**　今の千代田区霞ヶ関あたり。
八〇　**安房国朝夷郡真門村**　今の千葉県鴨川市内。
八五　**幸橋**　今の港区新橋。
八五　**越前国丸岡**　今の福井県坂井郡丸岡町。
八七　**浚明院殿**　第一〇代将軍徳川家治。

最後の一句

九〇　**木津川口**　「木津川」は今の大阪市西部、淀川の分流のひとつ。その河口。
九〇　**堀江橋**　今の大阪市西区内を東西に流れていた堀江川にかかる橋。
九〇　**平野町**　今の大阪市中央区。
九三　**北国通い**　大阪と北陸・奥羽諸港を結ぶ航路。
一〇一　**横着物**　不届き者。
一〇三　**未の下刻**　午後三時頃。
一〇七　**マルチリウム**　martyrium　ラテン語。殉教。献身。

一〇八　**大阪北、南組、天満の三口御構の上追放**　大阪北、南組、天満の大阪三郷に住むことを禁じた追放刑。

一〇八　**盛儀**　即位の儀式。

高瀬舟

一一〇　**高瀬舟**　河川で用いられた喫水の浅い底が平らな舟。この「高瀬川」は鴨川から取水して鴨川と平行して京都市内を流れる運河。

一一〇　**遠島**　島流しの刑。

一一〇　**相対死**　心中。

一一〇　**入相の鐘**　日暮れの鐘。

一一一　**白河楽翁**　松平定信(一七五八—一八二九)。

一一五　**鳥目**　銭の異称。

一一六　**初老**　四〇歳の異称。

一一七　**五節句**　正月七日(人日)、三月三日(上巳)、五月五日(端午)、七月七日(七夕)、九月九日(重陽)。

一二〇　**時疫**　流行病。

一二〇　**空引**　紋を織り出すのに必要な通糸を取り付けるために、上部に鳥居型の構造のものを付けた空引機で、紋に応じて必要な経糸を引き上げる操作。

一二〇 **北山**　今の京都市北区内。

一二〇 **紙屋川**　京都市北西部を流れる天神川の上流部の通称。

一二五 **オオトリテエ**　autorité　フランス語。権威。

一二六 **『和名鈔』**『倭名類聚鈔』。

一二六 **竹柏園文庫**　短歌結社竹柏会の主宰者佐佐木信綱の蔵書。

一二六 **『和漢船用集』**　和漢の船についての辞典的大著。金沢兼光著。一七六六年年刊。

一二七 **『翁草』**　随筆。神沢杜口著。全二〇〇巻。前半一〇〇巻は明和年間(一七六四―七二)、後半一〇〇巻は天明年間(一七八一―八九)の成立。

一二七 **池辺義象**　一八六一―一九二三　国文学者・歌人。古典文学の先駆的研究者。

一二八 **ユウタナジイ**　euthanasie　フランス語。安楽死。

寒山拾得

一三〇 **吉田東伍**　一八六四―一九一八　歴史地理学者。編著に『大日本地名辞書』など。

一三一 **四大の身**　一切の物体を構成する地・水・火・風の四要素からなる人の身体。

一三二 **『素問』や『霊枢』**　あわせて中国最古の医書『黄帝内経』。

一三三 **紅療治**　紅花のしぼり汁による大正時代の民間療法。

一三七　**牧民**　人を治めること。

一三九　**阿羅漢**　仏教の修行の最高段階。またはその段階に達した人。

一四二　**帰一協会**　成瀬仁蔵・渋沢栄一ら学者・実業家が結成、「階級・国民・人権・宗教の帰一」を唱えた。

一四三　**唐子**　中国風の装いをした子供。

一四四　**宮崎虎之助**　一八七二―一九二九　自ら釈迦、キリストに次ぐ第三の予言者と称した宗教家。

解説

斎藤茂吉

本文庫には「山椒大夫」「魚玄機」「じいさんばあさん」「最後の一句」「高瀬舟」「寒山拾得」の六編を収めた。先に出した文庫一六七五(緑五―六)の「阿部一族」についで書かれた歴史ものであるから、前に書かれた三編と本文庫のものと比較することができる。

山椒大夫

この小説は大正三年十二月に脱稿し(作者五十三歳)、大正四年一月の『中央公論』(第三十年第一号)に載った。作者の日記大正三年十二月二日の条に、「山椒大夫《さんしょうだゆう》を草しおわる」、三日の条に、「山椒大夫を滝田《たきた》哲太郎《てつたろう》に交付す」と見えている。陸奥掾正氏《むつのじょうまさうじ》というものが、白河《しらかわ》天皇の永保《えいほう》元年に罪を得て筑紫《つくし》安楽寺に流された。正氏の妻は二人の子を連れて岩代《いわしろ》の信夫郡《しのぶごおり》におること十二年、姉の安寿《あんじゅ》が十四、弟の厨子王《ずしおう》が十二のとき、正氏をたずねて筑紫に行く途中、越後直江《えちごなおえ》の浦で人買いのために、母は佐渡の農家に売られ、二人の子は丹後由良《たんごゆら》の山椒大夫に売られた。二人の子は奴婢《ぬひ》として使役せられているうち、姉は入水《じゅすい》して死し、弟は脱出して中山国分寺の住職曇猛《どんみょう》律師に救われ、都に上って関白師実《もろざね》の子となり、還俗《げんぞく》元服して正道と名のった。その年の秋の除目《じもく》に丹後の国守にせられたのを機に、人の売買を禁じ、微行して佐渡に渡り、鳥追いになっていた盲目の母に会うというのが物語の筋である。この小説を作者は「歴史離れした」ものといい、「とにかくわたくしは歴史離れがしたさに山椒大夫を書いたのだが、さて書き上げたところを見れば、なんだか歴史離れが足りないようである。これはわたくしの正直な告白である」と言っているが、歴史地理の調べ方がいつものごとくに確かである。文章は精厳であるが、全体として「あはれ」がしみこんでいるのを特殊な点とする。この物語は説経節、古浄瑠璃《こじょうるり》の「さんせう大夫」に拠《よ》って書かれたごとくであるが、この山椒大夫（山枡大夫・山荘大夫・山桝大夫）を題材としたものは幾種類もあるから、鷗外のこの作と相互比較すれば興味あることとおもう。なお伝説としての山椒大夫については、柳田《やなぎだ》国男《くにお》氏の「山荘大夫考」（『郷土研究』三ノ二、大正四年四月）がある。この論文は、冒頭に、

「この春の中央公論に森鷗外氏の書かれた山荘大夫の物語は、例のごとく最も生き生きとした昔話であった」とあるごとく、この小説に関係した論文であり、なおこの小説はいわゆる奴隷解放という社会問題をも取り扱い、従うて経済問題にも接触するのであるが、「山荘大夫考」はその方面のことをもくわしく論述してあるから、もしあわせ読めばますます有益のこととおもう。参考。説経節正本集第一（大岡山書店）。徳川文芸類聚第八浄瑠璃集（国書刊行会）。

魚玄機

この小説は、大正四年七月七日脱稿（作者五十四歳）、同年七月の『中央公論』夏季増刊（第三十年第八号）に載った。唐の代の長安の一倡家《しょうか》に、魚玄機という一少女がいた。武宗の会昌《かいしょう》三年生まれで、玄機はその容《かたち》美麗であったのみならず、詩作を好み温飛卿《おんひけい》を師とした。咸通《かんつう》元年玄機が十八歳の時、李億《りおく》という者の妾《しょう》となったが、まもなくそれをやめて、咸宜観《かんぎかん》に入り女道士となった。観内に道家の修行をしているうち、約一年を経た懿宗《いそう》の咸通二年の春、忽然《こつぜん》悟入して玄機ははじめて真に女子となった。ついで陳《ちん》某という青年と相知り、相親しむこと七年、咸通九年の陽春三月、嫉妬《しっと》のために緑翹《りょくぎょう》という婢《ひ》を殺し、立秋のころ法によって斬《ざん》に処せられた。時に玄機は二十六歳であった。この短編は聡慧《そうけい》で詩をよくした一少女が、身体的精神病的に発育変化して行くありさまを叙し、現代性欲学の結論が、たまたま唐の過去世に生きた実例として現出しているのに作者は興味を持ったのであっただろう。全体の叙述精微、アポロン的な行筆の裏に無限の情調をこめている点は、この作者晩年の歴史物の中にあっても最上級に位するものといっていい。この小説は大正四年の脱稿に係るが、明治三十七年二月十日付をもって佐佐《ささ》木信綱《きのぶつな》氏にあてた書簡に、「御寵贈《ゴチヨウゾウ》ノ詩集今日一読仕候《ツカマツリソロ》。ソノ付録ヲ見レバ、作者ハ別品ニテ女道士兼芸者トイウヨウナ人物ナルニ、ソレガマタ嫉妬《シット》デ別品ノ女中ヲ殴《ウ》チ殺シ、獄ニ下リタリトアリ、実ニ芝居ニデモアリソウナ珍事ニテ面白ク存ジ候」とあるから、そのころから魚玄機について注意していたことがわかる。そしてこの小説のおわりに、物語をまとめるに用いた参考書をも付記してあるので、読者は機に応じそれらを読んで相比較することもできる。

じいさんばあさん

明和三年に大番頭《おおばんがしら》になった石川阿波守総恒《いしかわあわのかみふさつね》の組に、美濃部伊織《みのべいおり》という士《さむらい》がいた。その翌年三十歳の伊織はるんという二十九歳の女子と結婚をした。伊織は美男で文武ふたつともすぐれているのに、生来かんしゃく持ちでそれが伊織の唯一の瑕《きず》であったが、るんといっしょになってから、ふだんのかんしゃくが全く跡をおさめて何事をも勘弁するようになっていた。明和八年四月、伊織は妻を江戸に残して京都に転勤した。その秋、京都寺町通りの刀剣商にあった古刀を買うために、相番の下島甚右衛門《しもじまじんえもん》という者から三十両の借財をしたが、それがもとである夜のはずみに伊織は下島を斬《き》り、下島は数日たって死んだ。伊織は判決を受け、安永元年の八月に越前丸岡《えちぜんまるおか》にやられた。その後の大部分をるんは黒田家の奥女中になっていた。文化六年、伊織が許されて江戸に帰り、三十七年ぶりに夫婦再会したが、その時伊織七十二歳、るん七十一歳であった。「じいさんばあさん」という題はそれにもとづいている。その年の暮れにるんは、「永年遠国《えんごく》に罷在《まかりあり》候《そろ》夫の為、貞節を尽候《つくしそろ》趣《おもむき》聞召《きこしめ》され、厚き思召《おぼしめし》を以て褒美《ほうび》として銀十枚下《くだ》し置かる」という異数の褒美をもらったのであった。この小説では、生来のかんしゃく持ちも女性によって柔らげられることが事実として織り込んであるし、るんがもしいっしょにいたら、伊織は下島を斬《き》らなかったかもしれないという可能の暗指も含まれているといっていい。また金円の貸借ということの単純に取り扱い難いという事実を示しているが、なお興味は、「この翁媼《おうおん》二人の中《なか》の好《い》いことは無類である。近所のものは、もしあれが若い男女であったら、どうも平気で見ていることが出来まいなどといった」という文中にも存している。この小説は大正四年八月十日に脱稿し（作者五十四歳）、同年九月一日の『新小説』（第二十年第九巻）に載ったものである。

最後の一句

この小説は大正四年九月十七日に脱稿し（作者五十四歳）、同年十月一日の『中央公論』（第三十年第十一号）に載った。元文元年の秋、大阪《おおさか》の船乗り業桂屋《かつらや》太郎兵衛《たろべえ》の船が、出羽秋田から米を積んで出帆したところ、途中風波に会って積み荷の半分以上を流出した。太郎兵衛が使って船に乗せていた新七という者が、残った米を売って金にして大阪に帰って来た。しかるにその金を秋田の米主に返さなかったので、米主は大阪に出て訴えた。太郎兵衛は入牢《にゅうろう》して、元文三年十一月二十三日死罪にせられることになった。その時太郎兵衛の娘いちという少女が、自ら願書を書いて町奉行に父の命乞《いのちご》いを迫り、ついにその願意を貫徹したという物語である。いちが奉行所で取り調べを受けた時に、役人がいちに向って、「そんなら今一つお前に聞くが、身代りをお聞届《ききとど》けになると、お前たちはすぐに殺されるぞよ。父の顔を見ることはで出来ぬが、それでも好いか」と言う。「よろしゅうございます」といちが答える。その目は冷ややかでそのことばは徐《しず》かである。たちまち何か心に浮かんだらしく、「お上の事には間違はございますまいから」と言い足した。小説の「最後の一句」という題はこれにもとづいている。作者はこの句につい て次のごとき説明を加えた。「ただ氷のように冷かに、刃《やいば》のように鋭い、いちの最後の詞《ことば》の最後の一句が反響しているのである。元文頃の徳川家の役人は、固《もと》より「マルチリウム」という洋語も知らず、また当時の辞書には献身という訳語もなかったので、人間の精神に、老若男女《ろうにゃくなんにょ》の別なく、罪人太郎兵衛の娘に現れたような作用があることを、知らなかったのは無理もない。しかし献身の中に潜《ひそ》む反抗の鋒《ほこさき》は、いちと語《ことば》を交《まじ》えた佐佐のみではなく、書院にいた役人一同の胸をも刺した」うんぬん。この短編は単なる人情小説でなく、当時の社会を背景とした深刻なる心理小説の一である。しこうしてその心理描写も、いやにうがったくだくだしきものでなく、道理の上に澄み切った断案をもって成就せしめているところ、まさに古今無類といわなければならない。

高瀬舟

この小説は、大正四年十二月五日に脱稿し（作者五十四歳）、大正五年一月一日の『中央公論』（第三十一年第一号）に載った。寛政のある年の春に、遠島を申し渡された喜助という罪人が高瀬舟に載せられて川を下った。それを宰領して行った庄兵衛という同心が、それをいたわり談話を交わす体にして成っている小説である。この小説は縁起にもあるように、池辺《いけべ》氏校訂の「翁草《おきなぐさ》」に拠《よ》ったのであるが、翁草のは「流人《るにん》の話」というので一ページ足らずの短いもので、庄兵衛という名も喜助という名もないのである。それからこの小説に織り込まれた事がらで作者の心をひいたもの、第一は「罪の行為」である。小説には、「当時遠島を申し渡された罪人は、勿論《もちろん》重い科《とが》を犯したものと認められた人ではあるが、決して盗《ぬすみ》をするために、人を殺し火を放ったというような、獰悪《どうあく》な人物が多数を占めていたわけではない。高瀬舟に乗る罪人の過半は、いわゆる心得違《こころえちがい》のために、想《おも》わぬ科を犯した人であった。有《あ》り触《ふ》れた例を挙げて見れば、当時相対死《あいたいし》といった情死を謀《はか》って、相手の女を殺して、自分だけ活《い》き残った男というような類《たぐい》である」とあるが、翁草のほうには、「おおよそ流人《るにん》は前にもしるすごとく、賊の類《たぐい》はまれにして、多くは親妻子もてる平人の辜《つみ》にあえるなり」とあるのみである。第二は、「富に対する観念」であるが、貧富の観念も相待的だということをこの小説が示しており、それが翁草には、「彼いわく、常にわずかの営みに、渇々粥《かつかつかゆ》をすすりて、露命をつなぎしに、この御吟味に会い候《そうろう》てより、久々在牢《ざいろう》の内、結構なる御養いをいただき、いたずらに遊び暮らし冥加《みょうが》なき上に、あまつさえこのたび鳥目《ちょうもく》二百文《もん》を下されて、島へつかわさる事、いかなる果報にてかくのごとくなりや。これまで二百文の銭をかため持ちたる事、生涯に覚え申さず」うんぬんとあるから、小説と比較すれば興味あることにもおもう。第三はユウタナジイの問題である。この事は縁起ではじめて作者の言っていることであるが、翁草には、「その罪跡は兄弟の者、同じくその日を過ごしかね、貧困に迫りて自害をしかかり死にかね居けるを、この者見つけて、とても助かるまじき体《てい》なれば、苦痛をさせんよりはと手伝いて殺しぬるその科《とが》により、島へつかわさるるなりけらし。その所行もともと悪心なく、下愚の者のわきまえなきしわざなる事、吟味の上にて明白なりしまま死罪一等を宥《なだ》められし物なりとぞ」とある。この小説は、翁草・縁起とあわせ読んで、ますますその味を深めるとおもうから一言付加した。

寒山拾得

これは大正四年十二月(作者五十四歳)に書かれ、大正五年一月の『新小説』(第二十一年第一巻)に載った。大正四年十二月七日の作者の日記に、「寒山拾得を草しおわる」とあるものである。物語は唐の貞観《じょうがん》のころにいた閭丘胤《りょきゅういん》という台州の刺史が、天台山国清寺に寒山・拾得を訪《と》うた物語であるが、中に、「盲目の尊敬」についての作者の説明がついている。「自分のわからぬもの、会得《えとく》することの出来ぬものを尊敬することになる。そこに盲目の尊敬が生ずる。盲目の尊敬では、偶《たまたま》それをさし向ける対象が正鵠《せいこく》を得ていても、なんにもならぬのである」うんぬん。小説に説明を与えるのは邪道のごとくに看《み》なされた文壇の風潮の中にあって、この作者の挿入《そうにゅう》した文をばどう現代の人々は評価するであろうか。次にこの小説は、令嬢との談話をほとんどそのまま書かれたもので、縁起に「私は丁度その時、何か一つ話を書いてもらいたいと頼まれていたので、子供にした話を、殆《ほとんど》そのまま書いた。いつもと違て、一冊の参考書をも見ずに書いたのである」とあるのはほんとうで、他の小説を書かれる時には、その資料を整えるだけでも並み並みならぬ手数をかけるのが常であるのに、この小説は、おそらくかつて読まれた白隠《はくいん》の

『寒山詩《かんざんし》闡提記聞《せんだいきぶん》』の記憶によったに過ぎぬであろう。この小説のおわりのところに、「朝儀大夫《ちょうぎたいふ》、使持節《しじせつ》、台州の主簿、上柱国《じょうちゅうこく》、賜緋魚袋《しひぎょたい》、閭丘胤《りょきゅういん》と申すものでございます」というところがある。これは序の『闡提記聞』に、「此集者唐太宗貞観之間、台州主簿朝儀大夫閭丘胤所編集也」(此《こ》の集は、唐の太宗、貞観《じょうがん》の間《かん》、台州の主簿、朝儀大夫、閭丘胤の編集する所なり。)とあるによったのであろう。しかるに、近時岩波書店の『国語』編集部の調査により、「主簿」は「刺史」のほうがよく、「朝儀」は「朝議」のほうが正しいことがわかった。また、小説中には、「閭」を姓とし「丘胤」を名のごとくに取り扱っているが、これも、「閭丘」が姓で「胤」が名であった。これも『闡提記聞』にすでに、「台州胤大夫」とか、「胤乃問曰」とか言って「胤」を名としているのだが、作者はだいたいの記憶で書いてしまったために誤ったものである。なお宮内省図書寮御蔵の宋刻《そうこく》『寒山詩集』の序文には明らかに、「閭丘　胤撰」とあるから「閭丘」の姓であることは動かない。そこでこの小説を読まれる人々は、読後に、「閭」をば「閭丘」と心中で訂正せられれば足りる。小説はそのままにして、読者はただ心の中で直しておけばよいのではなかろうか。なおこの小説には、豊干《ぶかん》が閭丘にまじないをもって頭痛を直すところがある。すなわち原始精神療法の一例である。それから寒山が文殊菩薩《もんじゅぼさつ》で、拾得が普賢菩薩《ふげんぼさつ》だということがある。これも、「寒山文殊、遯二跡国清一、拾得普賢、状如二貧子一、又似二風狂一、或去或来」（寒山は文殊、跡を国清に遯《のが》れ、拾得は普賢、状は貧子《ひんし》の如く、又風狂に似て、或《ある》いは去り或いは来たる。」うんぬんによっているが、作者はここに留意し、やや重く取り扱っていることとその縁起に明らかである。それから、「自相二把手一、呵呵大笑、叫喚乃云、豊干饒舌饒舌、弥陀不レ識、礼レ我何為」（自ら手を相把《と》り、呵呵《かか》として大笑し、叫喚して乃《すなわ》ち云《い》う、豊干饒舌《ぶかんじょうぜつ》饒舌、弥陀《みだ》すら識らず、我れを礼して何為《なんす》れぞ。」というのを、「一しょに立ち上がって、厨《くりや》を駆け出して逃げた。逃げしなに寒山が、「豊干《ぶかん》がしゃべったな」といったのが聞えた」と書いている。「弥陀不レ識、礼レ我何為」がすなわち、「盲目の尊敬」となるのである。この小説は徹頭徹尾簡浄の筆をもって運ばれているので、当時の文壇では、この小説に言及した文章が皆無といってよかったが、作者自身がすでにその縁起において、「子供はこの話には満足しなかった。大人《おとな》の読者は恐らくは一層満足しないだろう」と言っている。

（昭和十三年六月十日）

森鷗外略年譜

一八六二（文久二）年
一月一九日（陽暦では二月一七日）、石見《いわみ》国（現島根県）鹿足《かのあし》郡津和野町に津和野藩典医森静《せい》泰《たい》の長男として生まれる。

一八六九（明治二）年　七歳
この頃、藩校養老館に通う。

一八七二（明治五）年　一〇歳
六月、父らとともに上京、向島小梅村に住む。一〇月頃、神田小川町の西周の邸に寄寓、本郷壱岐殿坂の進文学社に通いドイツ語を学ぶ。

一八七四（明治七）年　一二歳
一月、第一大学区医学校予科（東京医学校）に入学（一八七七年四月、東京医学校が東京開成学校と合併、東京大学医学部と改称、その本科生となる）。

一八七九（明治一二）年　一七歳

父、東京千住に橘井堂医院を開く。
一八八一(明治一四)年　一九歳
七月、東京大学医学部卒業。一二月、陸軍軍医副に任ぜられる。
一八八四(明治一七)年　二二歳
八月、ドイツ留学に出発。ライプチヒ大学のホフマン教授に師事。
一八八八(明治二一)年　二六歳
九月、帰国。陸軍軍医学舎の教官となる。ドイツ人女性エリーゼ来日。
一八八九(明治二二)年　二七歳
三月、赤松登志子と結婚。七月、東京美術学校美術解剖学講師となる。
八月、「於母影」を『国民之友』夏期付録に発表。一〇月、雑誌『しがらみ草紙』を創刊。
一八九〇(明治二三)年　二八歳
一月、「舞姫」を『国民之友』に、八月、「うたかたの記」を『しがらみ草紙』に発表。
九月、長男於菟出生。一〇月、登志子と離婚。
一八九二(明治二五)年　三〇歳
一月、本郷駒込千駄木に転居(八月、観潮楼を建てる)。
七月、『水沫集』を刊行。一一月、翻訳「即興詩人」を『しがらみ草紙』に連載開始。

一八九四（明治二七）年　三二歳
第二軍兵站軍医部長として日清戦争に従軍。
一八九五（明治二八）年　三三歳
四月、陸軍軍医監に昇進。五月、帰国。
一八九八（明治三一）年　三六歳
一〇月、近衛師団軍医部長兼軍医学校長となる。翌年、小倉第十二師団軍医部長。
一九〇二（明治三五）年　四〇歳
一月、荒木しげと再婚。
九月、『即興詩人』を刊行。
一九〇三（明治三六）年　四一歳
一月、長女茉莉生まれる。
一九〇四（明治三七）年　四二歳
四月、第二軍軍医部長として日露戦争に従軍。陣中で「うた日記」を作る。
一九〇六（明治三九）年　四四歳
一月、帰国。
一九〇七（明治四〇）年　四五歳

三月、与謝野寛・伊藤左千夫・佐佐木信綱らと観潮楼歌会開く。
九月、『うた日記』を刊行。
一一月、陸軍軍医総監となる。
一九〇九(明治四二)年　四七歳
一月、雑誌『スバル』を創刊。七月、同誌に「ウィタ・セクスアリス」を発表。
五月、次女杏奴生まれる。
一九一〇(明治四三)年　四八歳
二月、慶応義塾大学文学科顧問となる。
三月、「青年」を『スバル』に連載(翌年八月まで)。
一九一一(明治四四)年　四九歳
九月、「雁」を『スバル』に連載(一九一三年五月まで)、一〇月、「灰燼」を『三田文学』に連載(翌年一二月まで)。
一九一二(明治四五・大正元)年　五〇歳
七月、明治天皇死去。九月、乃木希典殉死。一〇月、「興津弥五右衛門の遺書」を『中央公論』に発表。以後、歴史小説の執筆に入る。
一九一三(大正二)年　五一歳

一月、「阿部一族」を『中央公論』に発表。『ファウスト』第一部を刊行(三月に第二部を刊行)。

一九一四(大正三)年　五二歳

一月、「大塩平八郎」を『中央公論』に、二月「堺事件」を『新小説』に発表。

一九一五(大正四)年　五三歳

一月、「山椒大夫」を『中央公論』に発表。五月、『雁』を刊行。七月、「魚玄機」を『中央公論』に、九月、「じいさんばあさん」を『新小説』に、一〇月、「最後の一句」を『中央公論』に発表。

一九一六(大正五)年　五四歳

一月、「高瀬舟」を『中央公論』に、「寒山拾得」を『新小説』に発表。「渋江抽斎」を『東京日日新聞』『大阪毎日新聞』に連載(五月まで)。

四月、陸軍を退官、予備役に編入される。

六月、「伊沢蘭軒」を『東京日日新聞』『大阪毎日新聞』に連載(翌年九月まで)。

一九一七(大正六)年　五五歳

一〇月、「北条霞亭」を『東京日日新聞』『大阪毎日新聞』に連載(一二月で中止)。

一二月、帝室博物館総長兼図書頭《ずしょのかみ》に就任。

一九一九（大正八）年　五七歳
九月、帝国美術院初代院長となる。
一九二〇（大正九）年　五八歳
一月下旬より二月中旬、腎臓炎のため臥床。
一九二一（大正一〇）年　五九歳
三月、『帝謚考』を刊行。
一九二二（大正一一）年　六〇歳
七月九日、死去。

〔編集付記〕

一、底本には、『鷗外歴史文学集』第三・四巻(一九九九年一一月・二〇〇一年六月、岩波書店刊)を用いた。

一、左記の要項に従って表記がえをおこなった。

岩波文庫(緑帯)の表記について

近代日本文学の鑑賞が若い読者にとって少しでも容易となるよう、旧字・旧仮名で書かれた作品の表記の現代化をはかった。そのさい、原文の趣をできるだけ損なうことがないように配慮しながら、次の方針にのっとって表記がえをおこなった。

(一) 旧仮名づかいを現代仮名づかいに改める。ただし、原文が文語文であるときは旧仮名づかいのままとする。

(二) 「常用漢字表」に掲げられている漢字は新字体に改める。

(三) 漢字語のうち代名詞・副詞・接続詞など、使用頻度の高いものを一定の枠内で平仮名に改める。

(四) 平仮名を漢字に、あるいは漢字を別の漢字にかえることは、原則としておこなわない。

(五) 振り仮名を次のように使用する。

(イ) 読みにくい語、読み誤りやすい語には現代仮名づかいで振り仮名を付す。

(ロ) 送り仮名は原文どおりとし、その過不足は振り仮名によって処理する。

例、明に→明《あきらか》に

(岩波文庫編集部)

山椒大夫《さんしようだゆう》・高瀬舟《たかせぶね》 他四篇

1938 年 7 月 1 日 第 1 刷発行
2002 年 10 月 16 日 改版第 1 刷発行
2009 年 7 月 6 日 第 11 刷発行

作 者 森《もり》 鷗《おう》 外《がい》

発行者 山口昭男

発行所 株式会社 岩波書店
〒101-8002 東京都千代田区一ツ橋 2-5-5

案内 03-5210-4000 販売部 03-5210-4111
文庫編集部 03-5210-4051
http://www.iwanami.co.jp/

印刷・法令印刷 カバー・精興社 製本・桂川製本

ISBN4-00-310057-3 Printed in Japan

読書子に寄す

——岩波文庫発刊に際して——

岩波茂雄

真理は万人によって求められることを自ら欲し、芸術は万人によって愛されることを自ら望む。かつては民を愚昧ならしめるために学芸が最も狭き堂宇に閉鎖されたことがあった。今や知識と美とを特権階級の独占より奪い返すことはつねに進取的なる民衆の切実なる要求である。岩波文庫はこの要求に応じそれに励まされて生まれた。それは生命ある不朽の書を少数者の書斎と研究室とより解放して街頭にくまなく立たしめ民衆に伍せしめるであろう。近時大量生産予約出版の流行を見る。その広告宣伝の狂態はしばらくおくも、後代にのこすと誇称する全集がその編集に万全の用意をなしたるか。千古の典籍の翻訳企図に敬虔の態度を欠かざりしか。さらに分売を許さず読者を繋縛して数十冊を強うるがごとき、はたしてその揚言する学芸解放のゆえんなりや。吾人は天下の名士の声に和してこれを推挙するに躊躇するものである。このときにあたって、岩波書店は自己の責務のいよいよ重大なるを思い、従来の方針の徹底を期するため、すでに十数年以前より志して来た計画を慎重審議この際断然実行することにした。吾人は範をかのレクラム文庫にとり、古今東西にわたって文芸・哲学・社会科学・自然科学等種類のいかんを問わず、いやしくも万人の必読すべき真に古典的価値ある書をきわめて簡易なる形式において逐次刊行し、あらゆる人間に須要なる生活向上の資料、生活批判の原理を提供せんと欲する。この文庫は予約出版の方法を排したるがゆえに、読者は自己の欲する時に自己の欲する書物を各個に自由に選択することができる。携帯に便にして価格の低きを最主とするがゆえに、外観を顧みざるも内容に至っては厳選最も力を尽くし、従来の岩波出版物の特色をますます発揮せしめようとする。この計画たるや世間の一時の投機的なるものと異なり、永遠の事業として吾人は微力を傾倒し、あらゆる犠牲を忍んで今後永久に継続発展せしめ、もって文庫の使命を遺憾なく果たさしめることを期する。芸術を愛し知識を求むる士の自ら進んでこの挙に参加し、希望と忠言とを寄せられることは吾人の熱望するところである。その性質上経済的には最も困難多きこの事業にあえて当たらんとする吾人の志を諒として、その達成のため世の読書子とのうるわしき共同を期待する。

昭和二年七月

《現代日本文学》

経国美談 全二冊	矢野竜渓 小林智賀平校訂
怪談牡丹燈籠	三遊亭円朝
真《しん》景《けい》累ヶ《かさねが》淵《ふち》	三遊亭円朝
塩原多助一代記	三遊亭円朝
当世書生気質	坪内逍遥
雁	森鷗外
阿部一族 他二篇	森鷗外
山椒大夫・高瀬舟 他四篇	森鷗外
渋江抽斎	森鷗外
舞姫・うたかたの記 他三篇	森鷗外
みれん	シュニッツラー 森鷗外訳
鷗外随筆集	千葉俊二編
浮雲	二葉亭四迷 十川信介校注
其面影	二葉亭四迷
野菊の墓 他四篇	伊藤左千夫
吾輩は猫である	夏目漱石
坊っちゃん	夏目漱石
草枕	夏目漱石
虞美人草	夏目漱石
三四郎	夏目漱石
それから	夏目漱石
門	夏目漱石
彼岸過迄	夏目漱石
行人	夏目漱石
こころ	夏目漱石
硝子戸の中	夏目漱石
道草	夏目漱石
明暗	夏目漱石
思い出す事など 他七篇	夏目漱石
文学評論 全二冊	夏目漱石
夢十夜 他二篇	夏目漱石
倫敦塔・幻影の盾 他五篇	夏目漱石
漱石日記	平岡敏夫編
漱石書簡集	三好行雄編
漱石俳句集	坪内稔典編
文学論 全二冊	夏目漱石
五重塔	幸田露伴
努力論	幸田露伴
幻談・観画談 他三篇	幸田露伴
飯待つ間 —正岡子規随筆選	正岡子規 阿部昭編
子規句集	高浜虚子選
病牀六尺	正岡子規
子規歌集	土屋文明編
墨汁一滴	正岡子規
仰臥漫録	正岡子規
歌よみに与ふる書	正岡子規
金色夜叉 全二冊	尾崎紅葉
小説不如帰	徳冨蘆花
自然と人生	徳冨蘆花
みみずのたはこと 全二冊	徳冨健次郎

北村透谷選集　勝本清一郎校訂
武蔵野　国木田独歩
蒲《ふ》団《とん》・一兵卒　田山花袋
東京の三十年　田山花袋
温泉めぐり　田山花袋
あらくれ　徳田秋声
縮図　徳田秋声
仮装人物　徳田秋声
藤村詩抄　島崎藤村自選
破戒　島崎藤村
家　全二冊　島崎藤村
千曲川のスケッチ　島崎藤村
夜明け前　全四冊　島崎藤村
藤村随筆集　十川信介編
にごりえ・たけくらべ　樋口一葉
大つごもり・十三夜　他五篇　樋口一葉
修禅寺物語・正雪の二代目　他四篇　岡本綺堂

明治劇談 ランプの下にて　岡本綺堂
岡本綺堂随筆集　千葉俊二編
高野聖・眉かくしの霊　泉鏡花
歌行燈　泉鏡花
夜叉ケ池・天守物語　泉鏡花
草迷宮　泉鏡花
春昼・春昼後刻　泉鏡花
鏡花短篇集　川村二郎編
外科室・海城発電　他五篇　泉鏡花
辰巳巷談・通夜物語　泉鏡花
海神別荘　他二篇　泉鏡花
俳句はかく解しかく味う　高浜虚子
俳句への道　高浜虚子
回想 子規・漱石　高浜虚子
夢は呼び交す　蒲原有明
上田敏全訳詩集　山内義雄・矢野峰人編
小さき者へ・生れ出ずる悩み　有島武郎　三上秀吉・亀井俊介解説

一房の葡萄　他四篇　有島武郎
ホイットマン詩集 草の葉　有島武郎選訳
寺田寅彦随筆集　全五冊　小宮豊隆編
柿の種　寺田寅彦
与謝野晶子歌集　与謝野晶子自選
与謝野晶子評論集　鹿野政直・香内信子編
腕くらべ　永井荷風
つゆのあとさき　永井荷風
濹東綺譚　永井荷風
荷風随筆集　全二冊　野口冨士男編
摘録 断腸亭日乗　全二冊　永井荷風・磯田光一編
すみだ川・新橋夜話　他一篇　永井荷風
あめりか物語　永井荷風
江戸芸術論　永井荷風
ふらんす物語　永井荷風
赤光　斎藤茂吉
斎藤茂吉歌集　山口茂吉・柴生田稔・佐藤佐太郎編

斎藤茂吉随筆集	阿川弘之・北杜夫編
小僧の神様 他十篇	志賀直哉
暗夜行路 全二冊	志賀直哉
高村光太郎詩集	高村光太郎
白秋愛唱歌集	北原白秋 藤田圭雄編
北原白秋歌集	高野公彦編
北原白秋詩集 全二巻	安藤元雄編
フレップ・トリップ	北原白秋
海神丸 —付「海神丸」後日物語	野上弥生子
大石良雄・笛	野上弥生子
欧米の旅 全三冊	野上弥生子
友情	武者小路実篤
銀の匙	中勘助
蜜蜂・余生	中勘助
若山牧水歌集	伊藤一彦編
新編 みなかみ紀行	若山牧水 池内紀編
南蛮寺門前 和泉屋染物店 他三篇	木下杢太郎

新編 百花譜百選	木下杢太郎画 前川誠郎編
新編 啄木歌集	久保田正文編
ISIKAWA TAKUBOKU ROMAZI NIKKI —啄木・ローマ字日記	石川啄木 桑原武夫編訳
吉野葛・蘆刈	谷崎潤一郎
幼少時代	谷崎潤一郎
谷崎潤一郎随筆集	篠田一士編
文章の話	里見弴
道元禅師の話	里見弴
萩原朔太郎詩集	三好達治選
郷愁の詩人 与謝蕪村	萩原朔太郎
猫町 他十七篇	萩原朔太郎 清岡卓行編
恩讐の彼方に 忠直卿行状記 他八篇	菊池寛
半自叙伝 無名作家の日記 他四篇	菊池寛
河明り 老妓抄 他一篇	岡本かの子
末枯・続末枯・露芝	久保田万太郎
或る少女の死まで 他二篇	室生犀星
出家とその弟子	倉田百三

羅生門・鼻・芋粥・偸盗	芥川竜之介
地獄変・邪宗門・好色・藪の中 他七篇	芥川竜之介
河童 他二篇	芥川竜之介
歯車 他二篇	芥川竜之介
蜘蛛の糸・杜子春・トロッコ 他十七篇	芥川竜之介
侏儒の言葉・文芸的な、余りに文芸的な	芥川竜之介
日輪・春は馬車に乗って 他八篇	横光利一
上海	横光利一
宮沢賢治詩集	谷川徹三編
童話集 風の又三郎 他十八篇	宮沢賢治 谷川徹三編
童話集 銀河鉄道の夜 他十四篇	宮沢賢治 谷川徹三編
山椒魚・遥拝隊長 他七篇	井伏鱒二
川釣り	井伏鱒二
井伏鱒二全詩集	井伏鱒二
伸子 全二冊	宮本百合子
渦巻ける鳥の群 他三篇	黒島伝治
伊豆の踊子・温泉宿 他四篇	川端康成

抒情歌・禽獣 他五篇　川端康成
雪国　川端康成
山の音　川端康成
詩を読む人のために　三好達治
夏目漱石 全三冊　小宮豊隆
檸檬《レモン》・冬の日 他九篇　梶井基次郎
蟹工船 一九二八・三・一五　小林多喜二
風立ちぬ・美しい村　堀辰雄
富嶽百景・走れメロス 他八篇　太宰治
ヴィヨンの妻・桜桃 他八篇　太宰治
斜陽 他一篇　太宰治
人間失格・グッド・バイ 他一篇　太宰治
津軽　太宰治
お伽草紙・新釈諸国噺　太宰治
真空地帯 全二冊　野間宏
青年の環 全五冊　野間宏
日本唱歌集　堀内敬三・井上武士編

日本童謡集　与田準一編
変容　伊藤整
小説の方法　伊藤整
鳴海仙吉　伊藤整
小説の認識　伊藤整
中原中也詩集　大岡昇平編
晩年の父　小堀杏奴
小熊秀雄詩集　岩田宏編
木下順二戯曲選 全四冊　木下順二
随筆滝沢馬琴　真山青果
みそっかす　幸田文
土屋文明歌集　土屋文明自選
古句を観る　柴田宵曲
俳諧随筆 蕉門の人々　柴田宵曲
評伝 正岡子規　柴田宵曲
随筆集 団扇《うちわ》の画《え》　柴田宵曲・小出昌洋編
貝殻追放抄　水上滝太郎

漱石文明論集　三好行雄編
漱石・子規往復書簡集　和田茂樹編
立原道造詩集　杉浦明平編
中谷宇吉郎随筆集　樋口敬二編
雪　中谷宇吉郎
中谷宇吉郎紀行集 アラスカの氷河　渡辺興亜編
伊東静雄詩集　杉本秀太郎編
冥途・旅順入城式　内田百閒
東京日記 他六篇　内田百閒
ゼーロン・淡雪 他十一篇　牧野信一
佐藤佐太郎歌集　佐藤志満編
西脇順三郎詩集　那珂太郎編
草野心平詩集　入沢康夫編
金子光晴詩集　清岡卓行編
大手拓次詩集　原子朗編
宮柊二歌集　宮英子・高野公彦編
山の絵本　尾崎喜八

日本児童文学名作集 全二冊 桑原三郎・千葉俊二編
山月記・李陵 他九篇 中島敦
新選山のパンセ 串田孫一自選
新美南吉童話集 千葉俊二編
岸田劉生随筆集 酒井忠康編
量子力学と私 朝永振一郎／江沢洋編
科学者の自由な楽園 朝永振一郎／江沢洋編
増補新橋の狸先生 ―私の近世畸人伝 森銑三／小出昌洋編
新編明治人物夜話 森銑三／小出昌洋編
新編おらんだ正月 森銑三／小出昌洋編
自註鹿鳴集 会津八一
窪田空穂随筆集 大岡信編
わが文学体験 窪田空穂
窪田空穂歌集 大岡信編
屋上登攀者 藤木九三
明治文学回想集 全二冊 十川信介編
踊る地平線 全二冊 谷譲次
新編春の海 ―宮城道雄随筆集 千葉潤之介編
林芙美子随筆集 武藤康史編
林芙美子紀行集 下駄で歩いた巴里 立松和平編
山の旅 全二冊 近藤信行編
日本近代文学評論選 全二冊 千葉俊二／坪内祐三編
吉田一穂詩集 加藤郁乎編
観劇偶評 三木竹二／渡辺保編
浄瑠璃素人講釈 全二冊 杉山其日庵／内山美樹子・桜井弘編
食道楽 全二冊 村井弦斎
酒道楽 村井弦斎
文楽の研究 全二冊 三宅周太郎
五足の靴 五人づれ
尾崎放哉句集 池内紀編
リルケ詩抄 茅野蕭々訳

《日本文学古典》

- 古事記　倉野憲司校注
- 新訂 日本書紀 全五冊　坂本・家永・井上・大野 校注
- 新訂新訓 万葉集 全二冊　佐佐木信綱編
- 竹取物語　阪倉篤義校訂
- 伊勢物語　大津有一校注
- 古今和歌集　佐伯梅友校注
- 土左日記　紀貫之／鈴木知太郎校注
- 蜻《かげ》蛉《ろう》日記　今西祐一郎校注
- 源氏物語 全六冊　紫式部／山岸徳平校注
- 紫式部日記　池田亀鑑・秋山虔校注
- 枕草子　清少納言／池田亀鑑校訂
- 和泉式部日記　清水文雄校注
- 更級日記　菅原孝標女／西下経一校注
- 今昔物語集 全四冊　池上洵一編
- 堤中納言物語　大槻修校注
- 新訂 梁塵秘抄　後白河院／佐佐木信綱校訂

- 古語拾遺　斎部広成撰／西宮一民校注
- 新訂 方丈記　鴨長明／市古貞次校注
- 新訂 新古今和歌集　佐佐木信綱校訂
- 金槐和歌集　源実朝／斎藤茂吉校訂
- 新訂 徒然草　西尾実・安良岡康作校注
- 兼好法師家集　西尾実校訂
- 平家物語 全四冊　梶原正昭・山下宏明校注
- 吾妻鏡 全八冊　竜粛訳注
- 御伽草子 全二冊　市古貞次校注
- 千載和歌集　久保田淳校注
- 新葉和歌集　岩佐正校訂
- おもろさうし 全二冊　外間守善校注
- 利根川図志　赤松宗旦／柳田国男校訂
- 好色一代男　井原西鶴／横山重校訂
- 日本永代蔵　井原西鶴／東明雅校訂
- 芭蕉紀行文集 ―付 嵯峨日記　中村俊定校注
- 芭蕉 おくのほそ道 ―付 曾良旅日記 奥細道菅菰抄　松尾芭蕉／萩原恭男校注

- 芭蕉俳句集　中村俊定校注
- 芭蕉書簡集　萩原恭男校注
- 芭蕉俳文集 全二巻　堀切実編注
- 去来抄・三冊子・旅寝論　向井去来・服部土芳／潁原退蔵校訂
- 風俗文選　伊藤松宇校訂
- 蕪村俳句集 ―付「春風馬堤曲」他二篇　尾形仂校注
- 蕪村書簡集　大谷篤蔵・藤田真一校注
- 曾根崎心中 冥途の飛脚 他五篇　近松門左衛門／祐田善雄校注
- 国性爺合戦 鑓の権三重帷子　近松門左衛門／和田万吉校訂
- 折たく柴の記　新井白石／松村明校注
- 東海道四谷怪談　鶴屋南北／河竹繁俊校訂
- うひ山ぶみ・鈴屋答問録　本居宣長／村岡典嗣校訂
- 玉勝間 全二冊　本居宣長／村岡典嗣校訂
- 排蘆小船・石上私淑言 ―宣長「物のあはれ」歌論　本居宣長／子安宣邦校注
- 新訂 一茶俳句集　丸山一彦校注
- 一茶 七番日記 全二冊　丸山一彦校注
- 南総里見八犬伝 全十冊　曲亭馬琴／小池藤五郎校訂

増補 俳諧歳時記栞草 全二巻　曲亭馬琴編／藍亭青藍補／堀切実校注
北越雪譜　鈴木牧之編撰／岡田武松校訂
東海道中膝栗毛 全二冊　十返舎一九／麻生磯次校注
声曲類纂　藤田徳太郎校訂
こぶとり爺さん・かちかち山 ―日本の昔ばなしⅠ　関敬吾編
桃太郎・舌きり雀・花さか爺 ―日本の昔ばなしⅡ　関敬吾編
一寸法師・さるかに合戦・浦島太郎 ―日本の昔ばなしⅢ　関敬吾編
わらべうた ―日本の伝承童謡　町田嘉章／浅野建二編
日本民謡集　町田嘉章／浅野建二編
誹諧 武玉川 全四冊　山澤英雄校訂
元禄期 軽口本集 近世笑話集(上)　武藤禎夫校注
安永期 小咄本集 近世笑話集(中)　武藤禎夫校注
化政期 落語本集 近世笑話集(下)　武藤禎夫校注
日本詩史　江村北海／西沢道寛訳註
耳嚢 全三冊　根岸鎮衛／長谷川強校注
鼠小僧　黙阿弥／河竹繁俊校訂
近世風俗志(守貞謾稿) 全五冊　喜田川守貞／宇佐美英機校訂

誹諧 柳多留 ―川柳集成一～四 全四冊　山澤英雄校訂
初代川柳選句集 ―川柳集成五・六 全二冊　千葉治校訂
柳多留名句選 全二冊　山澤英雄選／粕谷宏紀校注
橘曙覧《たちばなのあけみ》全歌集　水島直文／橋本政宣編注
嬉遊笑覧 全五冊　喜多村筠庭／長谷川・江本・渡辺・岡・花田・石川校訂
万治絵入本 伊曾保物語　武藤禎夫校注
松《まつ》蔭《かげ》日記　上野洋三校注
詩本草　柏木如亭／揖斐高校注

《日本思想》

風姿花伝(花伝書)　世阿弥／野上豊一郎・西尾実校訂
五輪書　宮本武蔵／渡辺一郎校注
広益国産考　大蔵永常／土屋喬雄校訂
葉隠 全三冊　山本常朝／和辻哲郎・古川哲史校訂
養生訓・和俗童子訓　貝原益軒／石川謙校訂
都鄙問答　石田梅巌／足立栗園校訂
三浦梅園自然哲学論集　尾形純男・島田虔次編注訳
新訂 日暮硯　恩田木工／笠谷和比古校注

蘭学事始　杉田玄白／緒方富雄校註
講孟余話 ―旧名講孟劄記　吉田松陰／広瀬豊校訂
島津斉彬言行録　牧野伸顕序
兵法家伝書 ―付 新陰流兵法目録事　柳生宗矩／渡辺一郎校注
武道初心集　大道寺友山／古川哲史校訂
柳子新論　山県大弐／川浦玄智訳註
制度通 全二冊　伊藤東涯／吉川幸次郎校訂
古史徴開題記　平田篤胤／山田孝雄校訂
山上宗二記 ―付 茶話指月集　熊倉功夫校注
新訂 海舟座談　巌本善治編／勝部真長校注
西郷南洲遺訓 ―付 手抄言志録及遺文　西郷隆盛／山田済斎編
文明論之概略　福沢諭吉／松沢弘陽校注
新訂 福翁自伝　福沢諭吉／富田正文校訂
学問のすゝめ　福沢諭吉
福沢諭吉教育論集　山住正己編
福沢諭吉の手紙　慶應義塾編
自由党史 全三冊　板垣退助監修／遠山茂樹・佐藤誠朗校訂

新島襄の手紙	同志社編
植木枝盛選集	家永三郎編
近時政論考	陸羯南
日本の下層社会	横山源之助
内地雑居後之日本 他一篇	横山源之助
中江兆民 三酔人経綸問答	桑原武夫・島田虔次訳・校注
一年有半・続一年有半	中江兆民 井田進也校注
日本風景論	志賀重昂 近藤信行校訂
茶の本	岡倉覚三 村岡博訳
東邦の理想	岡倉覚三 村岡博訳
明治日本労働通信—労働組合の誕生	高野房太郎 大島清・二村一夫編訳
武士道	新渡戸稲造 矢内原忠雄訳
新渡戸稲造論集	鈴木範久編
余は如何にして基督信徒となりし乎	内村鑑三 鈴木俊郎訳
代表的日本人	内村鑑三 鈴木範久訳
後世への最大遺物・デンマルク国の話	内村鑑三
内村鑑三所感集	鈴木俊郎編

徳川家康 全二冊	山路愛山
豊臣秀吉 全二冊	山路愛山
三十三年の夢	宮崎滔天 島田虔次・近藤秀樹校注
善の研究	西田幾多郎
帝国主義	幸徳秋水 山泉進校注
基督抹殺論	幸徳秋水
明六雑誌 全三冊	山室信一・中野目徹校注
吉野作造評論集	岡義武編
貧乏物語	河上肇 大内兵衛解題
河上肇 自叙伝 全五冊	杉原四郎・一海知義編
河上肇評論集	杉原四郎編
西欧紀行 祖国を顧みて	河上肇
中国文明論集	宮崎市定 礪波護編
史記を語る	宮崎市定
自叙伝・日本脱出記	大杉栄 飛鳥井雅道校訂
女工哀史	細井和喜蔵
初版 日本資本主義発達史 全二冊	野呂栄太郎

谷中村滅亡史	荒畑寒村
遠野物語・山の人生	柳田国男
青年と学問	柳田国男
木綿以前の事	柳田国男
不幸なる芸術・笑の本願	柳田国男
海上の道	柳田国男
蝸牛考	柳田国男
十二支考 全二冊	南方熊楠
文学に現はれたる我が国民思想の研究 全八冊	津田左右吉
津田左右吉歴史論集	今井修編
特命全権大使 米欧回覧実記 全五冊	久米邦武編 田中彰校注
日本イデオロギー論	戸坂潤
古寺巡礼	和辻哲郎
風土—人間学的考察	和辻哲郎
孔子	和辻哲郎
イタリア古寺巡礼	和辻哲郎
日本精神史研究	和辻哲郎

人間の学としての倫理学　和辻哲郎
倫理学　全四巻　和辻哲郎
基督教の起源　他一篇　波多野精一
「いき」の構造　他二篇　九鬼周造
古代国語の音韻に就いて　他二篇　橋本進吉
宋詩概説　吉川幸次郎
元明詩概説　吉川幸次郎
吉田松陰　徳富蘇峰
林達夫評論集　中川久定編
新版 きけ わだつみのこえ ―日本戦没学生の手記　日本戦没学生記念会編
新版 第二集 きけ わだつみのこえ ―日本戦没学生の手記　日本戦没学生記念会編
君たちはどう生きるか　吉野源三郎
地震・憲兵・火事・巡査　山崎今朝弥 森長英三郎編
武家の女性　山川菊栄
わが住む村　山川菊栄
山川菊栄評論集　鈴木裕子編
覚書 幕末の水戸藩　山川菊栄

徳川時代の文学に見えたる私法　中田薫
忘れられた日本人　宮本常一
家郷の訓《おしえ》　宮本常一
酒の肴・抱樽酒話　青木正児
大阪と堺　三浦周行 朝尾直弘編
国史上の社会問題　三浦周行
歌集 形相　南原繁
石橋湛山評論集　松尾尊兊編
湛山回想　石橋湛山
民藝四十年　柳宗悦
手仕事の日本　柳宗悦
南無阿弥陀仏 ―付 心偈　柳宗悦
柳宗悦民藝紀行　水尾比呂志編
平塚らいてう評論集　小林登美枝 米田佐代子編
長谷川如是閑評論集　飯田泰三 山領健二編
倫敦《ロンドン》！ 倫敦？　長谷川如是閑
原爆の子 ―広島の少年少女のうったえ　全二冊　長田新編

暗黒日記 ―一九四二～一九四五　清沢洌 山本義彦編
清沢洌《きよし》評論集　山本義彦編
中国文学における孤独感　斯波六郎
極光のかげに ―シベリア俘虜記　高杉一郎
イスラーム文化 ―その根柢にあるもの　井筒俊彦
意識と本質 ―精神的東洋を索めて　井筒俊彦
被差別部落一千年史　高橋貞樹 沖浦和光校注
花田清輝評論集　粉川哲夫編
英国の文学　吉田健一
ヨオロッパの世紀末　吉田健一
英国の近代文学　吉田健一
岡正雄論文集 異人その他　他十二篇　大林太良編
中井正一評論集　長田弘編
山びこ学校　無着成恭編
新編 綴方教室　豊田正子 山住正己編
職工事情　全三冊　犬丸義一校訂
古琉球　伊波普猷 外間守善校訂

《東洋文学》

- 王維詩集 — 小川環樹・都留春雄・入谷仙介 選訳
- 杜詩 全八冊 — 鈴木虎雄・黒川洋一 訳註
- 杜甫詩選 — 黒川洋一 編
- 李白詩選 — 松浦友久 編訳
- 蘇東坡詩選 — 小川環樹・山本和義 選訳
- 陶淵明全集 全二冊 — 松枝茂夫・和田武司 訳注
- 唐詩選 全三冊 — 前野直彬 注解
- 玉台新詠集 全三冊 — 鈴木虎雄 訳解
- 完訳 三国志 全八冊 — 小川環樹・金田純一郎 訳
- 金瓶梅 全十冊 — 小野忍・千田九一 訳
- 完訳 水滸伝 全十冊 — 吉川幸次郎・清水茂 訳
- 紅楼夢 全十二冊 — 曹雪芹・高蘭墅補 松枝茂夫 訳
- 西遊記 全十冊 — 中野美代子 訳
- 杜牧詩選 — 松浦友久・植木久行 編訳
- 菜根譚 — 洪自誠 今井宇三郎 訳注
- 阿Q正伝・狂人日記 他十二篇 — 魯迅 竹内好 訳
- 笑府 —中国笑話集 全二冊 — 馮夢竜 撰 松枝茂夫 訳
- 中国名詩選 全三冊 — 松枝茂夫 編
- 通俗古今奇観 —付 月下清談 — 淡斎主人 訳 青木正児 校註
- 結婚狂詩曲(囲城) 全二冊 — 銭鍾書 荒井健・中島長文・中島みどり 訳
- 唐宋伝奇集 全二冊 — 今村与志雄 訳
- 聊斎志異 全二冊 — 蒲松齢 立間祥介 編訳
- 陸游詩選 — 一海知義 編
- シャクンタラー姫 — カーリダーサ 辻直四郎 訳
- 公女マーラヴィカーとアグニミトラ王 他一篇 — カーリダーサ 大地原豊 訳
- マハーバーラタ ナラ王物語 —ダマヤンティー姫の数奇な生涯 — 鎧淳 訳
- バガヴァッド・ギーター — 上村勝彦 訳
- 朝鮮童謡選 — 金素雲 訳編
- 朝鮮詩集 — 金素雲 訳編
- アイヌ神謡集 — 知里幸恵 編訳
- アイヌ叙事詩 ユーカラ — 金田一京助 採集並ニ訳
- サキャ格言集 — 今枝由郎 訳

《ギリシア・ラテン文学》

- ホメロス イリアス 全二冊 — 松平千秋 訳
- ホメロス オデュッセイア 全二冊 — 松平千秋 訳
- イソップ寓話集 — イソップ 中務哲郎 訳
- アイスキュロス アガメムノーン — 久保正彰 訳
- アンティゴネー — ソポクレース 呉茂一 訳
- ソポクレス オイディプス王 — 藤沢令夫 訳
- ソポクレス コロノスのオイディプス — 高津春繁 訳
- タウリケーのイーピゲネイア — エウリーピデース 久保田忠利 訳
- ヘシオドス 神統記 — 廣川洋一 訳
- ヘーシオドス 仕事と日 — 松平千秋 訳
- 女の平和 —リューシストラテー — アリストパネース 高津春繁 訳
- アポロドーロス ギリシア神話 — 高津春繁 訳
- 神々の対話 他六篇 — ルキアーノス 呉茂一・山田潤二 訳
- オウィディウス 変身物語 全二冊 — 中村善也 訳
- ギリシア・ローマ名言集 — 柳沼重剛 編
- ギリシア恋愛小曲集 — 中務哲郎 訳

ギリシア・ローマ神話 ―付 インド・北欧神話　ブルフィンチ　野上弥生子訳

《南北ヨーロッパ他文学》

ダンテ 神曲 全三冊　山川丙三郎訳
ダンテ 新生　山川丙三郎訳
死の勝利 全二冊　ダヌンツィオ　野上素一訳
カヴァレリーア・ルスティカーナ 他十一篇　ヴェルガ　河島英昭訳
イタリア民話集 全二冊　河島英昭編訳
むずかしい愛　カルヴィーノ　和田忠彦訳
愛神の戯れ ―牧歌劇『アミンタ』　トルクァート・タッソ　鷲平京子訳
ペトラルカ ルネサンス書簡集　ペトラルカ　近藤恒一編訳
わが秘密　ペトラルカ　近藤恒一訳
ペトラルカ＝ボッカッチョ往復書簡　近藤恒一編訳
故郷　パヴェーゼ　河島英昭訳
美しい夏　パヴェーゼ　河島英昭訳
シチリアでの会話　ヴィットリーニ　鷲平京子訳
山猫　トマージ・ディ・ランペドゥーサ　小林惺訳
ラサリーリョ・デ・トルメスの生涯　会田由訳

ドン・キホーテ 全六冊　セルバンテス　牛島信明訳
セルバンテス短篇集　牛島信明編訳
三角帽子 他二篇　アラルコン　会田由訳
緑の瞳・月影 他十二篇　ベッケル　高橋正武訳
三大悲劇集 血の婚礼 他二篇　ガルシーア・ロルカ　牛島信明訳
エル・シードの歌　長南実訳
プラテーロとわたし　J・R・ヒメーネス　長南実訳
オルメードの騎士　ロペ・デ・ベガ　長南実訳
完訳アンデルセン童話集 全七冊　大畑末吉訳
即興詩人 全二冊　アンデルセン　大畑末吉訳
絵のない絵本　アンデルセン　大畑末吉訳
アンデルセン自伝　大畑末吉訳
イプセン 人形の家　原千代海訳
イプセン 野鴨　原千代海訳
イプセン 幽霊　原千代海訳
イプセン ヘッダ・ガーブレル　原千代海訳
ポルトガリヤの皇帝さん　ラーゲルレーヴ　イシガ オサム訳

巫女　ラーゲルクヴィスト　山下泰文訳
クォ・ワディス 全三冊　シェンキェーヴィチ　木村彰一訳
山椒魚戦争　カレル・チャペック　栗栖継訳
ロボット (R・U・R)　チャペック　千野栄一訳
灰とダイヤモンド 全二冊　アンジェイェフスキ　川上洸訳
完訳千一夜物語 全十三冊　豊島与志雄・渡辺一夫・佐藤正彰・岡部正孝訳
ルバイヤート　オマル・ハイヤーム　小川亮作訳
王書 ―古代ペルシャの神話・伝説　フェルドウスィー　岡田恵美子訳
コルタサル短篇集 悪魔の涎・追い求める男 他八篇　木村榮一訳
ペドロ・パラモ　ファン・ルルフォ　杉山晃・増田義郎訳
伝奇集　J・L・ボルヘス　鼓直訳
アフリカ農場物語 全二冊　オリーヴ・シュライナー　大井真理子・都築忠七訳

《ロシア文学》

パナーエフ 文学的回想 全二冊　井上満訳
オネーギン　プーシキン　池田健太郎訳
スペードの女王・ベールキン物語　プーシキン　神西清訳
大尉の娘　プーシキン　神西清訳

- プーシキン詩集 プーシキン 金子幸彦訳
- 肖像画・馬車 ゴーゴリ 平井肇訳
- 狂人日記 他二篇 ゴーゴリ 横田瑞穂訳
- 外套・鼻 ゴーゴリ 平井肇訳
- 死せる魂 全三冊 ゴーゴリ 平井肇・横田瑞穂訳
- オブローモフ 全三冊 ゴンチャロフ 米川正夫訳
- 現代の英雄 レールモントフ 中村融訳
- 貴族の巣 トゥルゲーニェフ 小沼文彦訳
- ロシヤは誰に住みよいか ネクラーソフ 谷耕平訳
- デカブリストの妻 ネクラーソフ 谷耕平訳
- 二重人格 ドストエフスキー 小沼文彦訳
- 罪と罰 全三冊 ドストエフスキー 江川卓訳
- 白痴 全二冊 ドストエーフスキイ 米川正夫訳
- ドストエフスキー 妻への手紙 全二冊 谷耕平訳
- 未成年 全三冊 ドストエーフスキイ 米川正夫訳
- カラマーゾフの兄弟 全四冊 ドストエーフスキイ 米川正夫訳
- 永遠の夫 ドストエーフスキイ 神西清訳

- アンナ・カレーニナ 全三冊 トルストイ 中村融訳
- 幼年時代 トルストイ 藤沼貴訳
- 少年時代 トルストイ 藤沼貴訳
- 戦争と平和 全六冊 トルストイ 藤沼貴訳
- 民話集 人はなんで生きるか 他四篇 トルストイ 中村白葉訳
- 民話集 イワンのばか 他八篇 トルストイ 中村白葉訳
- イワン・イリッチの死 トルストイ 米川正夫訳
- 復活 全二冊 トルストイ 中村白葉訳
- セワストーポリ トルストイ 中村白葉訳
- 紅い花 他四篇 ガルシン 神西清訳
- ワーニャおじさん チェーホフ 小野理子訳
- 可愛い女・犬を連れた奥さん 他一篇 チェーホフ 神西清訳
- 桜の園 チェーホフ 小野理子訳
- 悪い仲間・マカールの夢 他一篇 コロレンコ 中村融訳
- ゴーリキー短篇集 上田進 横田瑞穂訳編
- どん底 ゴーリキイ 中村白葉訳
- 静かなドン 全八冊 ショーロホフ 横田瑞穂訳

- ゴロヴリヨフ家の人々 全二冊 シチェードリン 湯浅芳子訳
- 何をなすべきか 全二冊 チェルヌイシェーフスキイ 金子幸彦訳
- 真珠の首飾り 他二篇 レスコーフ 神西清訳
- われら ザミャーチン 川端香男里訳

岩波文庫の最新刊

室生犀星

随筆 女ひと

「女ひと」の妖しさに囚われた老作家、その尽きぬ思いを哀しみとおかしみを交えて綴る。晩年の犀星ブームを導いた豊潤なエッセイ集。（解説＝小島千加子）〔緑六六-四〕 定価六三〇円

小田 実

大地と星輝く天の子（下）

評決は死刑。ソクラテスの平静と巷《ちまた》の波紋。刑執行の日とその後の市民の反応は？ 古代アテナイ社会と裁判を描く絵巻はわれわれの現代に迫る。（解説＝柴田翔）〔緑一八三-二〕 定価九〇三円

川崎賢子編

久生十蘭短篇選

世界短篇小説コンクールで第一席を獲得した「母子像」をはじめ、巧緻な構成と密度の高さが鮮烈な印象を残す、鬼才久生十蘭（一九〇二－五七）の精粋全十五篇。〔緑一八四-一〕 定価九〇三円

フィールディング／朱牟田夏雄訳

ジョウゼフ・アンドルーズ（下）

リチャードソンの『パミラ』と並び、英国小説の本格的展開の出発点となった作品。物語はいよいよ大団円に向けて進む。訳者のエッセイ二篇を併録。（全二冊完結）〔赤二一一-六〕 定価七九八円

……今月の重版再開……

竹内玄玄一／雲英末雄校注

俳家奇人談 続俳家奇人談

〔黄二五〇-一〕 定価九〇三円

老 舎／立間祥介訳

駱駝祥子（ロートシアンツ）

—らくだのシアンツ—

〔赤三一-一〕 定価九〇三円

永井荷風訳

珊瑚集

—仏蘭西近代抒情詩選—

〔緑四一-六〕 定価五二五円

ルナール／辻 昶訳

博物誌

〔赤五五三-四〕 定価六三〇円